우화의

우화의 서사학

40가지 테마로 읽는 이솝 우화

제1판 제1쇄 2016년 11월 16일
제1판 제4쇄 2023년 5월 10일

지은이 김태환
펴낸이 이광호
펴낸곳 ㈜문학과지성사
등록번호 제1993-000098호
주소 04034 서울 마포구 잔다리로7길 18(서교동 377-20)
전화 02) 338-7224
팩스 02) 323-4180(편집) 02) 338-7221(영업)
전자우편 moonji@moonji.com
홈페이지 www.moonji.com

ISBN 978-89-320-2924-5 03800

이 도서의 국립중앙도서관 출판예정도서목록(CIP)은 서지정보유통지원시스템
홈페이지(http://seoji.nl.go.kr)와 국가자료공동목록시스템(http://www.nl.go.kr/kolisnet)에서
이용하실 수 있습니다. (CIP제어번호: CIP2016026412)

우화의 서사학

40가지 테마로 읽는 이솝 우화

김태환 지음

문학과
지성사

들어가는 말

이솝 우화를 무엇이라고 말할 수 있을까? 삶의 지혜와 교훈을 재미있는 동물 이야기에 담아 표현한 것. 사람들이 교훈을 쉽고 즐겁게 받아들일 수 있도록—그냥 교훈만 말하면 딱딱하고 재미없으니까—교훈에 이야기라는 당의를 입힌 것. 이 정도가 아마도 이솝 우화에 대한 일반적 이해일 것이다. 그런 관념에 따르면 이솝 우화는 근대 소설의 대척점에 있다고 할 수 있겠다. 왜냐하면 근대 소설은 어떤 특정한 교훈으로 환원되거나 그러한 교훈을 전하는 단순한 도구가 되기를 거부한다는 데 그 본질이 있기 때문이다.

이 책은 이솝 우화에 대한 이 같은 일반적 관념을 반박하려는 의도에서 출발한다. 이솝 우화는 과연 명백한 교훈으로 환원될 수 있는가? 고대의 이솝 우화 편찬자들은 각각의 이야기 끝에 교훈을 첨가했는데, 때로는 우화가 말하려는 바가 무엇인지 파악하지 못해 당혹해했던 것 같다. 그래서 결국은 우화의 마지막에 아무런 교훈도 붙이지 못하거나 아예 엉뚱한 교훈을 억지로 갖다 붙이기도 한 것이다. 우화의 말미에 교훈을 붙이는 관습 자체가 우화의 교훈이 그렇게 명백하지 않다는 것, 우화와 교훈 사이에 어떤 간극이 있다는 것을 암시한다고 할 수 있을 것이다. 나는 바로 이러한 간극을 드러낼 것이다. 그리하여 대부분의 이솝 우화가 매우 단순하고 교훈적으로 보임에도 불구하고 여전히 새로운 해석의 가능성을 향해 열려 있다는 것을 보여주려고 한다. 그런 의미에서 이 책은 이솝 우화를 근대 문학의 독법으로 읽으려는 시도다.

이솝 우화는 삶의 지혜와 교훈을 오직 그것과 대비되는 인간의 부정적 특성, 즉 어리석음, 무지, 악덕, 태만 등과의 관계에서만 표현한다. 이솝 우화의 교훈은 그것의 반대항을 통과함으로써만 도달할 수 있는 것이다. 바로 여기에서 우화의 생생한 서사적 긴장이 발생한다. 따라서 이솝 우화의 '이야기'는 그저 교훈에 입힌 당의나 교훈의 수사법으로만 이해될 수는 없다. 이솝 우화에 어떤 교훈이 있다면 그것은 오직 이야기를 통해서만 표현될 수 있는 교훈이고, 우화의 맥락에서 떼어내어 추상적 명제의 형태로 추출해낸 교훈은 본래의 우화와는 별다른 관련이 없게 된다.

그런데 이솝 우화를 단순한 교훈담으로 보는 편견을 깨고 그것이 지닌 본래의 서사적 긴장을 복원하기 위해서는, 우화 속에서 교훈의 반대편에 선 자들, 그리하여 결국 조롱거리가 되고 부정당하는 자들, 즉 어리석은 염소, 나태한 매미, 자만에 빠진 토끼, 욕심 많은 나무꾼 등을 지금까지보다 훨씬 더 진지하게 다루어야 한다. 지혜와 교훈에 도달하기 어려운 것은 그만큼 반-지혜와 반-교훈이 강력하고 끈질긴 것이기 때문이다. 이솝 우화를 서사적 긴장을 지닌 이야기로서 이해한다는 것은 곧 그것을 이미 달성된 지혜와 교훈의 관점에서가 아니라 아직 최종적 지혜와 교훈이 보이지 않는 시점에서, 즉 반-지혜와 반-교훈의 시점에서 읽는다는 것을 의미한다.

이러한 시각 속에서 이솝 우화는 직설적인 교훈담이라기보다는 복잡하게 꼬여 있는 역설의 구조물임이 드러난다. 이솝 우화는 표면적으로는 그저 짧고 단순해 보이지만 이러한 역설적 구조 덕택에 인간 존재와 삶의 복합성을 포착하게 해주는 풍부한 모델이 된다. 여기에 이솝 우화의 커다란 매력이 있다. 나는 해석을 통해 우화의 단순한 외관 뒤에 숨어 있는 복합성을 최대한 펼쳐 보일 것이다. 그것은 복합적인 것들을 단순화하고 축소시키는 모든 폭력적 논리에 대한 저항의 시도이기도 하다.

차례

I

개미와 매미:
이야기와 비가역적 시간

개미가 땀 흘려 일할 때 매미는 즐겁게 노래했다. 춥고 먹을 것이 없는 겨울이 오자 매미는 거지가 되어 개미를 찾아온다. 개미는 여름에 비축한 식량으로 편안히 살고 있지만 매미를 박정하게 대한다. "여름에는 노래를 했으니, 겨울에는 춤이나 추시지."

이 우화는 일(개미)/놀이(매미)의 대립을 바탕으로 이루어져 있으며 일과 놀이라는 두 대립항을 흑백논리로 재단함으로써 명백한 도덕적 메시지를 전달한다. 한마디로 말해서, 일은 좋은 것이고 놀이는 나쁜 것이다. 그리하여 열심히 일한 개미에게는 행복이, 놀기만 한 매미에게는 불행이 돌아간다.

그런데 이분법적 가치 설정만으로 이야기가 만들어지는 것은 아니다. 이야기는 동적 전개이며, 시간에 따른 변화가 이야기의 필수 요소이기 때문이다. 일을 행복, 놀이를 불행과 동일시하는 가치 체계는 하나의 교훈적 메시지를 생성할 수는 있지만, 거기서 이야기가 나오기 위해서는 이 체계를 운동하게 만드는 시간 요소의 투입이 필요하다. 따라서 이 우화는 일/놀이의 가치 대립 외에 여름/겨울이라는 시간적 대립을 끌어들여야 했던 것이다. 우화의 메시지를 '열심히 일하면 행복해진다'로 압축해본다면, 그 속에 이미 시간적 문제가 잠복해 있음을 알 수 있다. 열심히 일하면 언제 행복해지는가? 열심히 일하는 것이 곧 행복해지는 것을 의미하지 않고 일과 행복 사이에 시간적 간극이 있다면, 바로 그 간극에서 이야기의 가능성이 생겨난다. 우화는 여름과 겨울의 대립으로 일과 행복 사이에 시간적 간극을 창출한다. 여기서 여름은 아직 일의 가치가 그 참된 모습을 드러내지 않고 있는 숨김의 시간, 가상의 시간이다. 여름 동안 일은 그저 삶의 즐거움을 빼앗아가는 고역에 지나지 않는 것으로 나타난다. 반면 겨울은 일의 결실, 일의 최종적 가치가 완전히 드러나는 시간, 즉 진실의 시간이다. 일의 참된 가치는 일하지 않던 매미가 거지꼴이 되어 안락한 삶을 누리고 있는 개미를 찾아오는 겨울에 비로소 빛을 발한다. 이제 개미는 거지가 된 매미를 보고 춤이나 추라고 조롱한다. 일의 가치와 의미는 여름에서 겨울로 흘러가는 과정에서 완전히 역전된다. 이러한 역전을 통해 역동적으로 전개되는 한 편의 이야기가 만들어진다.

우리는 여기서 일/놀이의 대립과 아울러 여름/겨울의 대립 역시 가치화되어 있다는 점에 주목해야 한다. 겨울은 일과 놀이의 가치가 확정되는 최종적 시간으로서, 가상이 지배하는 여름에 비해 우월한 진리 가치를 지니고 있다. 우화의 교훈적 메시지는 겨울이라는 시간에 맞추어져 있다. 이야기는 가상에서 진실로, 여름에서 겨울로 진행된다. 이 진행은 비가역적이다. 드러난 진실은 다시 감추어질 수 없고, 매미와 개미의 삶도 되돌릴 수 없을 것이다. 여름에 놀던 매미는 겨울에 단죄되었으므로, 다음 해 여름이 되더라도 다시 예전처럼 즐겁게 노래하지 못할 것이다. 진실의 드러남에서 동력을 얻는 이야기의 구성은 이처럼 비가역적인 시간관을 바탕으로 한다.

이와는 다른 시간관에 따라 구조화되는 이야기도 존재할 수 있을까? 만일 혹독한 겨울을 어렵게 어렵게 구걸하며 살아낸 매미가 이듬해 여름에 다시 즐겁게 노래한다면? 여름에 모은 식량으로 겨울을 난 개미가 이듬해 여름에 다시 죽도록 고생스럽게 일을 하고, 매미가 그런 개미를 다시 비웃는다면? 매미는 여름의 행복을 위해서 겨울의 고생을 감내한 것이다. 이때 무엇이 가상이고 무엇이 진실이라고 할 수 있을까? 이런 상황에서는 가상과 진실의 확고한 대립도, 여름과 겨울 사이의 이분법적 가치 대립도 더 이상 성립하지 않을 것이다. 시간이 가역적으로 되면서 진실과 가치도 불확정적으로 된다. 한때 진실로 보였던 것이 가상이 되고, 가상이었던 것이 다시 진실이 된다. 최종적 진실의 시간은 사라지고, 이야기는 개미와 매미, 일과 놀이, 여름과 겨울 사이의 끝나지 않는 공방이 된다. 종결이 없는 무한 반복의 이야기, 그것도 이야기라고 할 수 있을까? 이러한 생각의 끝에서 우리는 순환적 시간관과 이야기가 양립 가능한가 하는 문제에 봉착한다.

2

말과 말지기:
우화의 수사학

정직하지 않은 말지기가 말에게 줄 곡물을 빼돌려 팔아먹곤 했다. 그러면서도 말의 상태가 좋아 보이게 하려고 말을 손질하고 닦는 데는 몇 시간씩 정성을 쏟아부었다. 화가 난 말이 이렇게 말했다. "내가 건강해 보이게 하고 싶거든 손질은 덜 하고 먹이를 더 주시오."

이솝 우화의 매우 두드러진 특징 가운데 하나는 대부분 등장인물의 말로 끝난다는 점이다. 그러한 형식은 이후 우화 장르의 중요한 전통이 되었고, 그 영향은 카프카의 짧은 우화적 텍스트에까지 나타난다. 우화에서 이야기를 종결짓는 인물의 최종적 말을 종사終辭라고 명명해보자. 종사는 다양한 기능을 수행한다. 그것은 「여우와 신 포도」에서처럼 반어적 문맥 속에 놓일 수도 있고("저 포도는 아주 실 텐데"), 더 나아가 인물의 어리석음, 뻔뻔함, 사악함, 비겁함 등과 같은 성격적 특징을 표현할 수도 있다. 하지만 역시 가장 대표적인 유형은 일어난 사건에 대한 결론적 논평으로 기능하는 종사일 것이다. 이 경우 종사는 우화 자체의 메시지, 즉 교훈을 대신한다.

종사가 있는 이야기, 즉 서술자의 진술이 아니라 등장인물의 말로 종결되는 이야기는 미완의 상태에서 중단된 듯한 인상을 불러일으키며, 독자로 하여금 스스로 더 생각해보게 만드는 여운을 남긴다. 종사가 우화의 최종적 결론으로 여겨지는 경우에도 사정은 마찬가지다. 동일한 결론이라 할지라도 그것의 전달이 인물의 입을 통해 이루어지느냐 아니면 서술자의 진술을 통해 이루어지느냐에 따라 독자가 받는 인상은 크게 달라진다. 이솝 우화의 서술자는 직접 결론 내리기를 극도로 꺼린다. 그는 대단히 과묵하며, 여운을 남기기를 즐기는 서술자다.

말과 말지기의 우화에서는 말에게 최종적 말의 기회가 돌아간다. 말이 마지막으로 한 말, 즉 손질보다 먹이에 더 신경 써야 한다는 종사는 지금까지 벌어진 일에 대한 결론적 논평으로서, 내실을 갖추지 않고 겉만 번지르르하게 꾸미려 해봐야 실상이 감추어질 수 없다는 이 우화의 교훈을 거의 직설적으로 전달하고 있다. 그런데 이처럼 이야기 속의 사건에서 끌어낼 수 있는 교훈의 요약으로 기능하는 종사도 결국은 사건에 참여하는 등장인물의 말, 등장인물의 언어적 행위라는 점에서는 다시 사건의 일부를 구성한다. 즉 말의 종사는 겉모습만 번지르르하게 꾸미려는 인간의 어리석음에 대한 논평일 뿐만 아니라 이야기 속의 또 다른 인물인 말지기를 향한 요청 내지 명령이기도 한 것이다. 그것은 말지기의 부당 행위를 막기 위한 또 하나의 행동이다.

만일 동일한 의미의 진술이 종사가 아니라 서술자의 목소리로 제시되었다면, 이 우화는 이야기로서의 성격을 거의 잃고 말았을 것이다. 그랬다면 그저 말지기의 반복적이고 습관적인 행위에 대한 서술과 그것의 모순을 지적하는 논평이 내용의 전부였을 테니까 말이다.

> 정직하지 않은 말지기가 말에게 줄 곡물을 빼돌려 팔아먹곤 했다. 그러면서도 말의 상태가 좋아 보이게 하려고 말을 손질하고 닦는 데는 몇 시간씩 정성을 쏟아부었다. 말지기가 말이 정말 건강하게 보이기를 원했

다면 손질보다는 먹이에 더 신경을 써야 했을 것이다.

이러한 텍스트에는 반복적이고 지속적인 상태에 대한 진술만이 있을 뿐, 이야기가 성립하기 위한 필수 조건, 즉 기존의 상태에 충격을 가하고 변화를 일으키는 결정적 사건이 빠져 있다. 이 텍스트에서 어떤 이야기가 전개되기를 기대한 독자라면 위의 내용만으로는 아직 아무 사건도 일어나지 않았다고 느낄 것이다. 그것은 역으로 말의 종사가 이 이야기를 이야기로 만드는 유일한 사건임을 의미한다. 말은 말지기에게 항의함으로써 지금까지 별 문제 없이 반복되어온 말지기의 행동에 제동을 건다. 다시 말해서, 말의 종사는 변함없이 지속되어온 상황에 충격을 가한 사건이고, 이로써 더 이상 모든 것이 예전같이 계속될 수는 없게 된 것이다.

말지기는 말의 비난에 어떻게 반응했을까? 우화의 서술자는 이에 대해 아무런 언급도 하지 않는다. 말지기와 말의 갈등이 불거지고, 이제야 뭔가 흥미로운 이야기가 전개될 수 있을 것 같은데, 우화는 거기서 뚝 끊어져버린다. 종사는 최종적 결론이라는 점에서 우화의 의미를 완성하지만, 사건의 차원에서는 우화를 완결되지 않은 채 중단된 이야기, 여운을 가진 이야기로 만든다. 여기에 종사의 역설이 있다.

3

늑대와 학: 강자의 논리

급하게 먹이를 삼키다가 뼈가 목에 걸린 늑대가 만나는 동물마다 붙잡고 고통을 호소하며 뼈를 좀 빼내달라고 부탁했다. 보상금까지 약속하면서. 늑대를 가엾게 여긴 학이 긴 부리를 이용해서 늑대의 목에서 뼈를 빼주고 약속한 보상금을 요구했다. 그러자 늑대가 이빨을 드러내며 이렇게 말했다. “배은망덕한 것 같으니. 목숨을 살려주었는데 무얼 더 달라는 거냐! 늑대의 입속에 대가리를 집어넣고 살아남은 녀석이 어디 또 있다더냐?”

파리 기호학파의 창시자 그레마스Algirdas Julien Greimas는 전형적인 민담의 도식에서 계약의 구조를 읽어낸다. 예컨대 왕은 사악한 용에게 납치된 공주를 구해오는 자에게 공주를 아내로 주고 나라를 물려주겠다고 약속한다. 결국 한 젊은이가 나서서 임무를 수행하고 아름다운 공주와의 결혼에 골인한다. 이로써 계약은 완전하게 실현되고 이야기는 종결된다. 어떤 왕들은 다른 핑계를 대며 계약 이행을 거부하지만, 그런 인물들은 단죄되고, 위협받던 계약의 질서도 결국 회복된다. 하지만 이솝 우화의 세계에서 계약 위반은 다반사로 일어나고, 계약 위반으로 인해 단죄를 받는 일도 별로 없다. 계약의 질서는 결코 공고하지 않다. 계약은 대부분 가짜다. 정당한 계약의 질서가 파괴된 세계에서 생존하는 법은 함부로 믿고 계약하지 않는 것이며, 가짜 계약의 배후에 숨어 있는 상대방의 의도를 지혜롭게 간파하는 것이다. 생존은 오직 개인 스스로 챙겨야 한다. 계약의 질서를 회복해줄 사회적 권위는 보이지 않는다. 이런 의미에서 이솝 우화의 세계는 그레마스가 분석한 민담의 세계에서 아주 멀리 떨어져 있다.

「늑대와 학」에 등장하는 학도 가짜 계약으로 인해 낭패를 겪는다. 학은 늑대의 고통에 연민을 느꼈고 또 보상금에 대한 기대도 있었기 때문에 늑대의 목에서 뼈를 빼내는 궂은일을 맡았다. 그런데도 학이 일을 성공적으로 마치고 보상금을 요구했을 때 늑대는 이빨을 드러내며 위협한다. 힘이 센 늑대가 단순히 약속을 지키지 않는다 하더라도 학으로서는 어떻게 달리 해볼 수 없는 상황이었다. 하지만 늑대는 보상을 거절하는 것만으로 충분하지 않았는지, 오히려 학을 배은망덕하다고 비난함으로써 자신을 정당화하기까지 한다. 늑대가 입속에 들어온 학을 먹지 않음으로써 학의 목숨을 살려주었다는 논리는 당연히 성립하지 않는다. 학의 머리가 늑대의 입속에 들어가 있었을 때 늑대는 학이 뼈를 빼주기를 기다리는 중이었기 때문에 학을 잡아먹을 수 없었다. 하지만 어처구니없게도 늑대의 주장을 통해 구조 행위의 전제(입속에 들어온 학을 먹지 않은 것)가 구조에 대한 대가로 바꿔치기된다. 이에 따르면 학은 늑대 목에 걸린 뼈를 빼내준 대가로 늑대 입에서 무사히 살아나올 수 있는 '혜택'을 받은 것이다. 이런 전도된 논리에 대해 학은 아무런 반박도 하지 못한다. 늑대가 이빨을 내보이며 위협하기 때문이다. 늑대는 뻔뻔한 궤변으로 자신의 약속 위반에 대한 정당화 논리를 만들어내고 그 논리의 허점은 이빨로 방어한다.

이는 지배 계급의 이데올로기가 작동하는 방식을 투명하게 보여준다. 계약을 위반한 늑대가 도리어 학의 과욕을 질타한다. 강자는 약자에게서 정당한 보수만 빼앗는 것이 아니라 정당성마저 갈취하는 것이다. 약자의 입은 강자의 힘 앞에서 다물어지고, 강자의 논리는 마치 보편타당한 논리인 것처럼 통용되기에 이른다. 강자의 말이 최종적 진리가 된다. 이처럼 지배는 물리적인 힘의 차원과 논리적, 정신적 차원에서 동시에 관철된다. 지배자의 논리는 한편으로 폭력의 뒷받침으로 지탱되지만, 다른 한편으로는 폭력의 기능을 상당 부분 대신한다. 그것을 믿는 자들은 폭력 없이도 지배에 순응하기 때문이다. 모두를 폭력으로 억누르는 것보다는 지배자의 논리를 퍼뜨리고 그것을 믿지 않는 자들만 폭력으로 제압하는 것이 훨씬 더 효과적인 지배의 방식이다. 이런 까닭에 지배자들은 정당성을 확보하는 데 집착한다. 그 점에서 그들은 그저 재물을 약탈할 뿐인 강도와 본질적으로 구별된다.

4

우물에 빠진 여우와 염소:
사기꾼의 조롱

우물에 빠진 여우가 아무리 해도 탈출할 방법을 찾지 못하고 있었다. 이때 목마른 염소가 지나가다가 우물을 들여다보고 여우에게 물이 마실 만한지, 충분한지 물었다. 여우는 자신의 곤경을 숨기고 아무렇지도 않은 척하며, 아무리 마셔도 또 마시고 싶은 맛 좋은 물이 많이 있으니 어서 들어오라고 대답했다. 염소는 여우의 말을 듣고 당장 우물 속으로 뛰어들어 물을 마셨다. 염소가 물을 다 마시고 나자, 여우는 우물을 다시 빠져나가는 방법에 대해 다음과 같이 제안했다. 먼저 염소가 앞발을 벽에 대고 서면 여우가 염소의 등을 타고 빠져나간다. 다음으로 여우가 밖에서 염소를 꺼내준다. 이 계획을 듣고 염소는 여우가 시키는 대로 했다. 하지만 탈출에 성공한 여우는 혼자서 그냥 가버리고, 염소는 약속을 지키지 않는 여우의 등에 대고 비난을 퍼부었다. 그러자 여우가 돌아보며 대꾸했다. "네가 네 수염의 반쪽만큼이라도 머리가 있었다면, 돌아갈 길이 있는지 살피지 않고 우물 속에 뛰어드는 짓은 하지 않았을 거야. 미안하지만 가볼게. 좀 볼일이 있어서 말이야."

우물에 빠진 여우는 과연 어떻게 탈출할 수 있을 것인가? 때마침 나타난 목마른 염소를 보고 여우는 한 가지 계획을 떠올린다. 이 계획은 이중의 속임수로 이루어진다. 첫째, 염소를 우물 속으로 유인한다. 둘째, 가짜 약속을 해서 염소를 탈출의 발판으로 삼는다. 그런데 이 두 가지 속임수는 매끄럽게 연결되기 어렵다. 음모의 첫 단계에서 여우는 염소를 유인하기 위해 자기가 위기에 빠져 있다는 것을 철저히 숨기고 태연함을 가장하며, 우물을 갈증 해소를 위한 최적의 장소로 선전한다. 우물 속이 위험하다는 것이 드러나면, 염소는 들어오려 하지 않을 것이기 때문이다. 그런데 우물 속에 들어온 염소와 공동의 탈출 작전을 도모할 때는 자신이 혼자서는 빠져나갈 수 없는 상황에 처해 있었다는 것을 드러내지 않을 수 없다. 염소를 유인하기 위해 애써 가리려 했던 상황을 스스로 털어놓아야 하는 것이다. 그러면 여우가 아까 태연함을 가장하고 있었다는 사실이 드러날 수밖에 없고, 염소는 여우가 자기를 속인 것을 알게 된다. 그런 상황에서 과연 염소가 어떻게 다시 여우를 믿고, 여우가 제안한 탈출 작전에 응할 수 있겠는가?

하지만 여우의 유혹에 따라 우물 속으로 들어온 염소는 놀랍게도 여우의 탈출 계획에도 순순히 응한다. 염소는 속은 것을 알고 또 속은 것이다. 아니면 여우가 처음부터 자기를 속인 것을 충분히 알 수 있었는데도 그런 생각조차 못 하고 다시 속은 것일지도 모른다. 어쨌든 이중의 속임수로 구성된 여우의 무리한 탈출 음모는 상상을 초월한 염소의 어리석음 덕택에 성공적으로 실현된다.

우화의 마지막 부분에서 여우는 퇴로를 생각하지 않고 우물 속에 무작정 뛰어든 염소의 어리석음을 조롱한다. 여우의 조롱은 이 우화의 종사다. 이솝 우화의 주석자들은 여우의 종사를 우화의 최종 결론으로 해석하여 "이와 같이 사람도 일을 시작하기 전에 그 결과부터 생각해보는 것이 현명하다"라는 교훈을 우화의 말미에 덧붙인다. 물론 이 우화는 그러한 교훈을 담고 있다고 할 수 있다. 염소가 종사에 담긴 교훈적 메시지를 처음부터 마음에 새기고 있었더라면 여우의 유혹에 그렇게 무작정 넘어가지는 않았을 것이다. 하지만 어리석음과 경솔함을 경고하는 우화의 교훈이 여우의 입을 통해 제시되는 순간, 그 의미는 변질된다. 여우 자신이 염소를 두 번이나 속여서 곤경에 빠뜨린 당사자인 까닭에, 염소의 어리석음을 조롱하는 여우의 종사는 염소의 불행에 대한 자신의 책임을 지워버리고 가엾은 희생자에게 모든 책임을 뒤집어씌우는 수사에 지나지 않는다.

요컨대 여우의 마지막 말은 그 내용만 본다면 경솔한 행동을 경고하는 교훈적 메시지를 전달하지만(교훈의 요약으로서의 종사), 그것이 여우의 입을 통해 발설되었다는 점을 고려하면 타인을 등쳐먹는 사기꾼의 뻔뻔함과 사악함이 어디까지 갈 수 있는지를 보여주는 예라고도 할 수 있을 것이다(성격 표현으로서의 종사). 여우는 염소 덕택에 함정에서 빠져나오고서도 염소에게 전혀 고마워하지 않는다. 속임수를 써서 염소를 우물 속으로 유인하고 그 속에 버려두는 것으로도 모자라, 속아 넘어간 염소의 어리석음을 조롱한다.

하지만 여우의 조롱이 아주 특별한 것은 아니다. 여우뿐만 아니라 모든 사기꾼이 자기에게 이익을 안겨준 피해자를 경멸한다. 경멸하지 않고서야 어찌 기만하고 착취할 수 있겠는가? 그리하여 더 크게 기만당하고 더 많이 착취당한 피해자일수록 더 심한 경멸의 대상이 된다. 어쩌면 이것이야말로 이 우화가 우리에게 전하는 잔혹한 진실이 아닐까? 더 나아가서 착하고 온순한 염소를 가축으로 길들여 실컷 이용해먹으면서도 염소의 어리석음에 관한 우화를 만들어내고 즐기는 인간들도 결국 여우와 같은 뻔뻔한 족속에 속한다고 할 수 있지 않을까?

5

매와 비둘기:
약속과 권력

비둘기들이 오랫동안 철저한 경계 태세를 유지하면서 매의 공격을 성공적으로 피해갈 수 있었다. 실패를 거듭하던 매는 어느 날 작전을 바꾸어 속임수를 쓰기로 결심한다. 매가 비둘기들을 찾아가 이렇게 말했다. "어찌 너희들은 늘 불안한 이런 삶을 굳이 고집하는가. 내가 솔개든, 독수리든 그 누구도 덤벼들지 못하게 안전하게 보호해줄 텐데. 나를 왕으로만 만들어준다면 말이야. 그러기만 하면 난 더 이상 너희를 괴롭히지 않겠어." 비둘기들은 이 말을 믿고 매를 자신들의 왕으로 뽑았다. 하지만 매는 왕이 되자 왕명으로 하루에 한 마리씩 비둘기를 갖다 바치도록 했다. 아직 자기 차례가 돌아오지 않은 한 비둘기가 한탄했다. "우린 이런 꼴을 당해도 싸."

이 우화는 허술하기 짝이 없는 매의 속임수가 비둘기들에게 아무런 저항 없이 간단히 먹혀드는 바람에 퍽 싱겁게 느껴진다. 여기서 놀라운 점이 있다면, 뻔한 트릭에 비둘기들이 그토록 쉽게 넘어갔다는 사실뿐이다. 어떻게 자기들을 호시탐탐 노리던 적을 왕으로 뽑아줄 생각을 한단 말인가? 나중에 가서는 비둘기들도 자신들이 얼마나 말도 안 되는 어리석은 짓을 저질렀는지 자인하지 않을 수 없었다("우린 이런 꼴을 당해도 싸").

오랜 세월 스스로를 잘 지켜온 비둘기들이 왜 갑자기 그렇게 어리석은 짓을 저질렀을까? 이에 대해서는 일단 다음과 같은 설명이 가능할 것이다. 비둘기들은 오랜 시간 동안 경계 태세를 늦출 수 없는 긴장된 삶을 유지하느라 몹시 지쳐 있었다. 그러던 차에 보다 편안한 삶에 대한 전망이 나타나자, 그들은 오랫동안 성공적으로 작동해온 생활 방식을 깊은 생각 없이 하루아침에 포기해버린 것이다.

물론 여기서 문제되는 것은 단지 비둘기의 어리석음만이 아니다. 우리는 이 우화를 지배자와 민중 사이의 권력관계에 대한 보편적 알레고리로도 읽을 수 있다. 비둘기에 대한 매의 권력은 어떻게 발생하는가? 원래 비둘기들은 매에게 제압당하지 않고 자유로운 삶을 누리고 있었다. 이들 사이에는 아무런 권력관계도 성립하지 않은 상태였다. 매의 권력은 비둘기들이 자신들을 보호해주겠다는 매의 약속을 믿음으로써 비로소 발생한다. 즉 비둘기들이 매에게 걸었던 안전한 삶에의 희망과 기대가 매의 권력의 원천인 것이다. 하지만 권력의 행사는 권력의 원천과 어긋난다. 매는 비둘기들이 자신에게 희망과 기대를 품고 부여한 권력을 도리어 비둘기들을 잡아먹는 데 사용한다. 여기서 우리는 민중의 믿음이 만들어낸 권력이 민중을 배반하는 역설을 본다.

왜 이런 일이 벌어지는가? 권력을 낳은 것은 민중인데, 왜 민중은 무력하게 권력에 배반당하는가? 권력의 배반 가능성은 민중과 지배자 사이에 성립하는 교환 관계의 구조 자체에 내재한다. 민중과 지배자의 교환이란 약속과 권력의 교환이다. 매는 보호를 약속하고, 비둘기는 약속된 보호의 대가로 권력을 매에게 넘겨준다. 이는 외형적으로는 동등한 위치에 서 있는 거래 당사자의 합의(계약)에 의한 정상적 교환인 것처럼 보인다. 그런데 권력이 일단 매에게 주어지자 매와 비둘기의 관계에 근본적인 변화가 일어난다. 매는 권력을 차지하여 지배자가 되고, 비둘기는 그 권력에 복종할 수밖에 없는 피지배자가 된다. 그리하여 비둘기들은 매가 계약을 위반하더라도 이를 더 이상 제재할 수 없게 된다. 계약의 전제가 되는 동등한 관계가 존속하지 않기 때문이다. 그들은 계약의 실현을 통해 역설적으로 계약 당사자의 지위를 상실한 것이다.

그런데 오늘의 민주적 선거도 이와 유사한 면이 있지 않은가? 선거에서 유권자와 후보자 사이의 관계 역시 약속과 권력의 교환으로 볼 수 있다. 후보자들은 유권자를 위해 어떤 일을 할 수 있도록 권력을 달라고 호소한다. 하지만 선거가 끝나고 권력이 당선자에게 주어지고 나면 계약 관계는 유명무실해진다. 권력은 선거 기간의 약속에 묶이지 않는다. 만일 권력이 약속에 묶여 그것을 실행할 의무만을 지고 있다면, 그것은 더 이상 권력이 아닐 것이다. 권력은 행할 수도 있고 행하지 않을 수도 있는 자유에 있기 때문이다. 유권자가 선택한 공약이 자동적으로 실현된다면, 이러한 선거는 선출된 지도자에게 권력을 주는 번거로운 절차 없이 유권자가 투표를 통해 즉각적으로 권력을 행사하는 직접민주주의와 크게 다르지 않을 것이다. 여기에서 우리는 대의제 민주주의 선거에서 이루어지는 약속과 권력의 교환이 곧 약속과 약속을 어길 자유 사이의 교환이라는 기묘한 역설에 직면한다.

오늘날 민주주의 체제에서 이러한 권력의 배반에 대

해 민중이 할 수 있는 일은 무엇일까? 다음 선거에서 약속 위반을 응징하고 권력을 교체하는 것이다. 하지만 교체된 권력도 마찬가지로 배반한다면? 민중은 결국 배반 앞에서 무기력하게 당하고만 있는 비둘기 신세가 되고 말 것이다. 선거는 그저 약속을 대가로 약속을 어길 자유를 제공하는 역설적 제의로서 반복될 것이다.

6

궁수와 사자: 꾀 많은 영웅 혹은 사부아르-페르

솜씨 좋은 궁수가 나타나자 모든 동물들이 무서워하며 도망갔다. 하지만 사자는 그와 대적하려 했다. 궁수는 사자를 향해 활을 쏘면서 이렇게 말했다. “여기 내 전령이 너한테 할 말이 있다.” 화살은 사자의 옆구리에 맞았다. 사자는 부상을 입고 깊은 수풀 속으로 숨어버렸다. 도망가는 사자를 본 여우가 사자에게 궁수와 다시 대적해볼 것을 권유하자, 사자는 이렇게 대꾸했다. “겨우 전령에 불과한 것이 내게 그 정도로 상처를 줄 수 있다면 그를 보낸 자의 공격을 내 어찌 감당할 수 있겠는가."

여기서 교훈은 대체 무엇일까? 이야기의 요점이 무엇인지 첫눈에 잘 들어오지 않는다. 영역본(펭귄판)에는 우화의 말미에 다음과 같은 교훈의 요약이 적혀 있다. "멀리서 공격할 수 있는 이웃을 두고 있다면 마음이 편할 수 없다." 해석이 잘 되지 않는 텍스트에 대해 어떻게든 한 줄짜리 교훈을 달아야 했던 주석자의 난처함을 지켜보는 마음도 그리 편할 수는 없다. 해석의 난관 때문인지 이 우화는 대중적으로 그리 알려지지 않은 듯하다.

궁수와 사자가 대적한다. 사자는 화살에 한 번 맞고 궁수를 두려워하게 된다. 그런데 이것만으로는 너무 싱거운 이야기라고 하지 않을 수 없다. 이 이야기를 단순하지 않게 만드는 요소는 바로 궁수가 활을 쏘면서 사자에게 던진 수수께끼 같은 말이다. 도대체 화살이 왜 전령이며, 화살이 사자에게 전할 말이란 무엇일까? 그런데 사자의 마지막 반응을 보면 바로 궁수의 말이 사자로 하여금 패배를 인정하게 한 결정적 요인임이 드러난다. 사자는 화살에 맞고 화살이 전하는 메시지를 읽어낸다. 화살은 사자에게 이렇게 말한 것이다. '나의 주인은 엄청난 힘을 가지고 있으니 더 이상 덤빌 생각을 하지 말라.' 사자는 그 말을 알아듣고 정말 궁수를 두려워하게 된다. 궁수가 사자의 이런 반응을 예상한 것이라면, 그의 수수께끼 같은 발언은 사자를 겨냥한 고도의 심리전이었던 셈이다. 궁수는 한편으로 화살을 쏘아 사자의 몸에 상처를 입히고, 다른 한편으로 말을 던져서 사자의 마음을 제압한다. 사자가 더 이상 궁수에게 덤벼들 생각을 하지 못하게 된 것은 화살 때문이 아니라 말 때문이었다.

궁수는 사자와 멀리 떨어져 있을 때만 사자를 공격할 수 있다. 반면 사자가 접근전을 감행한다면, 궁수는 무력하게 당할 수밖에 없을 것이다. 사자가 가까이 오지 못하게 하기 위한 방책으로 그가 생각해낸 것이 전령의 비유다. 우리는 보통 사람을 화살에 비유하는데(예컨대 "전령이 쏜살같이 달려갔다"), 궁수는 거꾸로 화살을 전령에 비유한다. 이제 궁수와 화살의 관계는 주인과 심부름꾼의 관계로 나타난다. 궁수는 인간과 도구의 관계를 주인과 하인 사이의 권력관계로 해석하고, 이 해석을 사자에게 전달한 것이다. 사자는 여기서 자기 나름의 추론을 시작한다. 주인은 하인을 부리고 지배한다. 그러므로 주인은 하인보다 강하다. 만일 하인이 사자보다 강하다면, 하인보다 강한 주인이 사자보다 강하리라는 것은 두말할 나위가 없다.

그런데 사자의 추론은 인간이 가지는 권력으로서의 힘과 육체적, 물리적 힘을 혼동한 결과다. 물리적 힘의 서열이 곧 권력 서열이 되는 동물의 왕국과는 달리, 인간 세계에서 권력은 육체적 힘에 비례하지 않는다. 약한 인간은 자기보다 강한 자들을 지배하며 그들의 힘을 뜻대로 이용할 수 있다. 인간과 도구의 관계에 대해서도 같은 이야기를 할 수 있을 것이다. 궁수의 손은 연약하지만 그 손은 단단한 화살을 자유자재로 지배함으로써 사자를 위협한다. 약하지만 강한 자를 지배할 수 있는 것이 인간이다. 그것은 인간이 지능을 가지고 간계를 짜낼 줄 알기 때문이다. "아는 것이 힘"이라는 프랜시스 베이컨의 유명한 경구는 인간의 권력이 궁극적으로 지식에서 나온다는 것을 의미한다. 그런데 사자는 그런 인간을 이해하지 못한다. 사자는 궁수가 화살을 전령처럼 부릴 수 있으니까 화살보다 더 힘이 세다고 생각한다. 사자는 약한 자가 강한 자를 지배할 수 있다는 것을 모르기 때문에 궁수가 강자라고 생각하고, 그로 인해 자기보다 약한 궁수에게 굴복하고 만다.

그레마스는 이야기 주인공의 능력을 '할 줄 안다'(사부아르-페르savoir faire)와 '할 수 있다'(푸부아르-페르pouvoir faire)로 구별한다. 전자는 지혜와 꾀, 기술로서의 능력이고, 후자는 신체적, 물리적 힘으로서의 능력이다. 이 두 가지 종류의 능력에 영웅의 대표적인 두 유형이 대응한다. 지혜와 꾀를 지닌 영웅(오뒷세우스)과 괴력을 지닌 영웅(아킬레우스). 궁수는 전형적인 사부아르-페르의 영웅이다. 따라서 궁수가 힘센 사자를 제압하는 이 우화는 작지만 꾀

많은 영웅(예컨대 오뒷세우스)과 어리석고 힘센 거인(오뒷세우스에게 속아 눈을 잃은 폴뤼페모스)의 대결이라는 낯익은 구도를 보여준다.

그런데 이 우화에서 매우 독특한 점은 궁수의 사부아르-페르가 중층적이라는 사실이다. 궁수는 활을 능숙하게 쏠 줄 안다. 그것이 궁수의 첫번째 사부아르-페르다. 그런데 사자는 궁수의 사부아르-페르를 푸부아르-페르로 오해한다. 그리하여 그를 자기보다 월등하게 힘이 센 자, 즉 푸부아르-페르의 영웅이라고 생각한 것이다. 이러한 오해를 유발한 것은 물론 궁수다. 궁수는 화살을 전령이라고 부름으로써 사부아르-페르를 푸부아르-페르로 둔갑시키는 절묘한 기술을 발휘한다. 사부아르-페르의 영웅이면서 상대의 무지를 이용하여 스스로를 푸부아르-페르의 영웅으로 치장할 수 있는 간계, 그것이 궁수의 두번째 사부아르-페르다. 이중의 사부아르-페르, 이중의 간계를 통해서 궁수는 세계에 대한 지배력을 엄청나게 확대한다. 그런 의미에서 이 우화는 푸부아르-페르에 대한 사부아르-페르의 우위, 맹목적 힘에 대한 이성적 간계의 우위, 더 나아가 자연에 대한 문화의 우위를 강하게 역설하는 이야기라고 할 수 있을 것이다.

7

해와 바람:
힘과 척도

해와 바람이 서로 힘이 세다고 자랑하다가 나그네의 외투를 벗기는 자를 강자로 인정하는 데 합의했다. 바람이 먼저 외투를 벗기기 위해 나그네를 향해 세차게 바람을 불어댔지만 그럴수록 나그네는 외투를 더욱 꽉 여몄고, 결국 바람의 시도는 실패로 돌아갔다. 해는 자기 차례가 되자 나그네에게 따뜻한 볕을 내리쬐었다. 나그네는 땀을 흘리며 외투를 벗었고, 해가 승자가 되었다.

힘이란 무엇인가? 강하다는 것은 무엇인가? 해의 힘은 무엇이고 바람의 힘은 무엇인가? 둘은 어떻게 힘을 겨룰 수 있는가? 해와 바람은 너무나 이질적이기 때문에 무엇을 기준으로 그들의 힘을 비교할 수 있을지 쉽게 상상하기 어렵다. 그래서 힘의 우위를 둘러싼 해와 바람의 다툼은 다른 우화 속 인물들의 경쟁, 이를테면 거북이와 토끼의 경주보다 더 복잡한 문제를 제기한다.

토끼와 거북이는 빠르기를 두고 서로 다툰다. 빠르기란 '거리/시간'으로 명확히 정의되는 능력이기에, 일정한 거리를 더 짧은 시간에 주파하는 자가 승리하는 경주는 빠르기를 측정하고 비교하는 데 더할 나위 없이 합당한 수단이라고 할 수 있을 것이다. 경주의 결과는 빠르기 능력을 충분히 잘 반영할 것이고(물론 「토끼와 거북」 우화에서는 예상치 못한 여러 가지 변수의 작용으로 느린 자가 경주에서 이기는 전도가 발생하지만), 경주 외에 빠르기를 측정할 수 있는 다른 좋은 방법이 있는 것도 아니다. 따라서 거북이와 토끼 사이에 누가 빠른지를 두고 일단 논쟁이 벌어진 이상, 그 논쟁을 매듭짓기 위해 경주를 하는 것은 거의 필연적 수순이라고 할 수 있다. 다시 말해 '어떻게 토끼와 거북이의 빠르기를 비교할 수 있을까'는 깊은 고민을 필요로 하는 문제가 아닌 것이다. 하지만 해와 바람이 힘을 겨루고자 한다면, 양자에 공통되는 힘의 개념이란 대체 무엇인지, 그리고 그 힘이 어떤 방식으로 증명되고 측정될 수 있는지 등, 쉽게 해결할 수 없는 까다로운 문제들이 생겨난다. 해와 바람이 씨름 한 판으로 승부를 낼 수는 없지 않은가?

그런데 이솝 우화에서는 강자를 가리는 기준에 대한 합의가 의외로 간단하게 성립한 것처럼 되어 있다. 해와 바람은 나그네의 외투 벗기기 시합으로 강자를 정하는 데 동의한다. 대체 이러한 제안이 누구에 의해서 어떻게 이루어진 것인지, 합의가 성립하기까지 어려움은 없었는지에 대해서는 어떤 언급도 없다. 강자에 관한 논쟁에서 외투 벗기기 시합에 대한 합의에 이르는 과정은 일사천리로 진행된 것처럼 보인다. 마치 토끼와 거북이가 빠르기를 두고 다투다가 충동적으로 경주를 결정한 것처럼. 하지만 누가 더 힘이 센지가 왜 하필이면 지나가는 나그네의 외투 벗기기라는 특이한 게임으로 결정되어야 한단 말인가? 해와 바람의 승부를 가릴 수 있는 다른 방법은 없었을까? 해결해야 할 문제(해와 바람 중 누가 더 힘이 센가)와 그 문제를 해결하기 위한 수단(누가 나그네의 외투를 벗길 수 있는가) 사이에 어떤 필연적 연관성이 있는지는 전혀 분명하지 않다. 힘을 둘러싼 분쟁에서 나그네의 옷 벗기기 시합으로 가는 과정에는 커다란 비약과 간극이 존재한다. 그리고 바로 이러한 간극 속에 이야기의 깊은 의미가 담겨 있다.

힘의 의미는 본래 물리적이고 육체적인 차원에 뿌리를 두고 있지만, 오늘날 이 개념은 훨씬 추상화되어 광범위한 영역에 두루 사용되고 있다. 능력이라는 말에서도 드러나듯이 어떤 과업을 수행할 수 있는 모든 자질이 일종의 힘[力]으로 표상되는 것이다. 예컨대 좁은 의미의 힘은 흔히 기술과 대립하는 것으로 간주되지만, 기술도 어떤 일을 가능하게 해주는 것이기에 넓은 의미에서는 힘의 일종이 된다. 기술력과 같은 개념은 이 점을 잘 보여준다. 이렇게 힘 개념이 추상화되어 거의 능력과 동의어가 된다면, 무수히 많은 이질적인 능력들이 모두 힘이라고 불릴 수 있다. 따라서 상이한 주체 사이의 힘의 비교는 구체적으로 어떤 능력을 비교 기준으로 삼느냐에 따라 달라질 수밖에 없다. 같은 달리기에서조차 100미터 경주의 강자와 1,500미터 경주의 강자는 같지 않다. 각각의 경주에서 요구되는 육체적 능력이 완전히 동일하지 않기 때문이다.

따라서 능력의 성격을 충분히 정확하게 한정하지 않은 채 누가 강자인지를 따지는 것은 어리석은 일이다. 한때 사람들은 복싱의 세계 챔피언 무하마드 알리와 프로레슬링의 세계 챔피언 안토니오 이노키 중 누가 더 강자인지 궁금해했다. 그런 궁금증이 복싱 챔피언과 레슬링 챔피언 사이의 세기의 대결을 성사시켰다. 사람들이 미처 생각하지 못한 것은 복싱을 떠난 알리의 강함이나 레슬링을 떠난

이노키의 강함은 존재하지 않는다는 사실이었다. 따라서 그들의 강한 힘은 비교될 수 있는 것이 아니었다. 경기가 시작되자 이노키는 알리의 빠른 주먹을 피하기 위해 아예 누워버렸고, 누워 있는 상대 앞에서는 선 채로 휘둘러대는 알리의 주먹도 무력할 뿐이었다. 알리가 할 수 있는 일이라고는 누워 있는 이노키의 다리에 걸리지 않기 위해 피해 다니는 것뿐이었다. 그렇게 역사상 가장 싱겁고 지루한 세기의 대결은 무승부로 끝나고 말았다.

강자에 대한 추상적이고 막연한 동경은 복싱 선수와 레슬링 선수를 한 링 위에 올리는 어리석은 실험을 감행하게 할 뿐 아니라 쥐로 하여금 사윗감을 찾으러 전전하게 만들기도 한다. 인도에서 중국, 한국, 일본에 이르기까지 널리 퍼져 있는 옛 우화에서 쥐는 딸에게 세상에서 가장 힘센 신랑을 구해주려 한다. 해가 가장 힘이 세다는 이야기를 듣고 쥐는 해를 찾아간다. 하지만 해는 구름에 비하면 자기는 아무것도 아니라며 고개를 절레절레 흔든다. 구름이 끼면 해는 아무 힘도 쓰지 못하기 때문이다. 쥐는 그 말을 듣고 구름을 찾아간다. 하지만 구름도 고개를 가로젓는다. 구름은 바람이 불면 훽 날아가버린다. 그러니 바람이야말로 진정한 강자다. 쥐는 다시 바람에게 가서 딸과 결혼해달라고 부탁한다. 하지만 바람 역시 자기보다 더 강한 자가 있다고 말한다. 바람은 벽 앞에서 무력하다. 쥐는 벽을 찾아가는데 벽에게서 뜻밖의 말을 듣는다. 벽은 세상에서 쥐를 가장 무서워한다는 것이다. 쥐는 날카로운 이빨로 벽에 구멍을 내기 때문이다. 쥐는 큰 깨달음을 얻고 늠름한 청년 쥐에게 딸을 시집보낸다.

쥐는 벽에게 찾아갈 때까지 힘이 단일한 것이며 하나의 척도에 따라 측정되고 비교될 수 있을 거라는 생각에 사로잡혀 있었다. 세상에서 가장 강한 자에게 딸을 시집보내겠다는 욕망이 이미 그런 생각을 전제하고 있다. 그래서 그는 계속해서 더 강한 자를 찾아 전전하고 다닌 것이다. 이 과정에서 그의 머릿속에서는 벽을 만나기 전까지 다음과 같은 순위 리스트가 만들어진다.

쥐 〈 해 〈 구름 〈 바람 〈 벽

하지만 벽이 쥐를 자기보다 더 강한 자로 지목했을 때, 다음과 같은 불가능한 부등식이 성립한다.

쥐 〈 해 〈 구름 〈 바람 〈 벽 〈 쥐

이런 역설적 부등식 앞에서 쥐는 힘이 단수가 아니라 복수임을 깨닫는다. 힘은 단일한 척도가 아니라 다양한 척도에 따라 비교되고 측정될 수 있는 것이며, 따라서 다양한 주체들을 힘의 위계에 따라 일렬로 세우는 것은 불가능하다. 아주 약하다고 여겨진 쥐도 어떤 면에서는 그 누구 못지않게 강한 존재임이 드러난다. 이러한 깨달음이 더 힘센 자를 향한 쥐의 여행을 중단시킨다.

흥미로운 것은 쥐의 설화에서도 해와 바람의 힘이 비교되고 있다는 사실이다. 다만 여기서는 이솝 우화에서와는 반대로 바람이 더 강한 자로 나타난다. 왜 그런가? 해는 구름 앞에서 꼼짝하지 못하지만 바람은 구름을 가볍게 쫓아낼 수 있기 때문이다. 신부 쥐의 신랑감을 찾는 우화에서 해와 바람은 직접 대결하지 않지만, 양자 사이의 힘의 우열 관계는 구름이라는 매개항을 통해 결정된다. 즉 구름이 해와 바람의 힘을 판가름하는 척도 구실을 하는 것이다. 우리는 이와 같은 방식으로 우화의 부등식 전체를 읽어볼 수 있다. 예컨대 바람과 쥐 중에 강자는 누구인가? 쥐가 바람보다 더 힘이 세다. 왜냐하면 바람이 뚫지 못하는 벽을 쥐는 뚫기 때문이다. 바람과 쥐 사이에서는 벽이 양자의 힘을 비교하는 척도 역할을 한다. 이렇듯 바람은 해보다 강하고 쥐는 바람보다 강하지만, 이로부터 쥐가 해보다 강하다는 결론은 나오지 않는다. 해와 바람 사이의 척도(구름)와 바람과 쥐 사이의 척도(벽)가 동일하지 않으므로 수학적인 부등식의 원리(a가 b보다 크고 b가 c보다 크면 a는 c보다 크다)는 적용될 수 없다.

이솝 우화에서도 해와 바람이 구름을 척도로 삼아 힘을 겨루었다면 바람이 쉽게 승자가 되었을 것이다. 하지만 외투를 입은 나그네가 척도가 되는 바람에 승부는 뒤바뀐다. 이미 살펴본 것처럼 힘은 단수가 아니라 복수이며, 척도에 민감하다. 무엇을 척도로 하느냐에 따라 강자는 달라진다. 힘이 독립적으로 존재하고 힘의 측정을 위해 어떤 척도가 동원되는 것이 아니라, 척도가 비로소 힘을 구성한다. 해와 바람의 힘을 측정하고 비교하는 데 있어서 유일하게 합당한 척도라는 것은 존재하지 않는다. 그래서 해와 바람의 싸움은 무엇보다도 힘의 척도를 무엇으로 정하느냐의 싸움이 된다. 어떤 룰에 따라 강자를 가릴 것인가? 여기에 모든 것이 달려 있다.

그런데 이 싸움은 의외로 간단하게 결판이 나고 만다. 나그네의 외투를 벗기는 것으로 힘을 겨루자는 제안이 나왔을 때 바람은 자신의 힘으로 외투쯤이야 구름을 날려버리듯이 가볍게 날려버릴 수 있으리라고 생각했던 것 같다. 그래서 외투를 빼앗기지 않으려는 인간의 저항은 계산에 넣지 않은 채, 그 제안을 덥석 받아들인 것이다. 바람이 받아들인 힘의 척도는 쥐 우화 속의 구름과는 달리 인간(나그네)과 사물(외투)이 결합된 복합적 구조를 이루고 있지만, 바람은 자신이 머릿속에서 이미 규정해놓은 물리적 힘의 관점에서 척도를 이해할 뿐이다. 진짜 문제는 반대로 척도의 관점에서 힘을 이해하는 것인데도 말이다. 이 때문에 바람은 주어진 척도의 복합성을 파악하지 못하고 그것을 구름 흩어버리기와 유사한 단순 과제로 인식한다. 척도의 복합성을 고려하고 그 속에서 자신의 힘이 어떻게 발현될 수 있을지를 심사숙고했다면 바람은 나그네 외투 벗기기 시합에 선뜻 동의하지 않았을 것이다. 우화의 결말은, 척도의 복합성을 잘 이해한 것은 바로 해였음을 보여준다. 해는 그러한 복합성이야말로 자신에게 기회가 된다는 것을 정확히 이해하고 있었다. 그래서 처음부터 외투가 아니라 나그네를 공략 대상으로 삼고 이를 통해 외투 벗기기라는 목표를 이루어낼 수 있었던 것이다.

바람의 실패는 표면적으로는 나그네의 옷을 벗기지 못한 데 있지만, 실은 척도의 중요성을 이해하지 못한 것이 실패의 근본적인 원인이라고 해야 할 것이다. 바람은 척도를 결정하는 과정에서 이미 해에게 패배한 것이다. 바람의 실패가 이처럼 이중적이라면, 이에 대응하는 해의 성공도 이중적이다. 해는 나그네의 외투를 벗긴다는 과제를 자신의 강력한 태양열과 나그네의 마음을 공략하는 지략을 동원하여 이루어낸다. 그것이 하나의 성공이다. 또 하나의 성공은 바람이 나그네 외투 벗기기 시합을 받아들이게 한 데 있다.

위에서 지적한 것처럼 우화는 그 시합의 제안이 누구

에게서 나온 것인지에 대해 침묵한다. 하지만 나그네 외투 벗기기라는 과제가 일견 바람에게 승리를 약속하는 듯이 보이도록 꾸며져 있으면서도 사실은 해만이 그 과제에 대한 완전한 해답을 가지고 있었다는 점을 생각할 때, 이 제안 자체가 해에게서 나온 것이며 해의 계략이었다고도 해석할 수 있으리라. 만일 이 해석이 옳다면, 해의 성공은 무엇보다도 나그네 외투 벗기기 시합에 응하도록 바람의 마음을 움직인 데 있다고 해야 할 것이다. 해는 외투를 벗도록 나그네의 마음을 움직였을 뿐만 아니라, 외투 벗기기 시합을 하도록 바람의 마음도 움직인 것이다.

마음을 조종하는 해의 능력은 물론 좁은 의미의 힘에 속하는 것은 아니다. 해는 푸부아르-페르의 영웅이 아니라 사부아르-페르의 영웅이다. 하지만 힘을 더 넓고 유연한 의미로 이해할 때 이 우화 속의 해는 바람보다 강자임이 분명하다. 힘이 척도에 의해 구성되는 것이라면, 척도를 결정할 수 있는 자보다 더 강한 자는 있을 수 없기 때문이다.

8

여인과 살찐 암탉:
심술에 관하여

매일 아침 알을 하나씩 낳는 암탉이 있었다. 달걀의 품질이 매우 좋았기 때문에 암탉의 주인 여자는 달걀을 늘 비싸게 팔 수 있었다. 그러던 어느 날 그녀는 모이를 두 배로 주면 닭이 하루에 달걀을 두 개씩 낳을 것이라고 생각하고, 그 계획을 실행에 옮겼다. 하지만 모이를 많이 먹고 뚱뚱해진 암탉은 아예 알을 낳지 않게 되었다.

아리스토텔레스는 이야기를 흥미롭게 만드는 중요한

요소의 하나로 반전을 꼽았다. 그에 따르면 이야기의 중심점에서 급격한 전환(행복에서 불행으로의 전환, 불행에서 행복으로의 전환)이 일어나는데, 잘 구성된 이야기에서는 그러한 전환이 반전의 구조를 이룬다. 반전이란 의도한 것과 반대되는 결과가 초래되는 것이다. 오이디푸스는 아버지를 죽이고 어머니와 결혼한다는 운명을 피하려고 집을 떠났는데, 오히려 그 바람에 아버지를 죽이고 어머니와 결혼하게 된다. 이것이 바로 반전이다. 반전은 왜 일어나는가? 인간은 자신의 의도를 실현하고자 행동하는데, 여기에는 어떻게 행동하면 의도가 실현될 것이라는 계산이 전제되어 있다. 이 계산에 착오가 발생하면 의도했던 바가 실현되지 못하는 것은 물론이고 때로는 의도와 완전히 반대되는 결과가 빚어지기도 한다. 계산 착오의 원인은 잘못된 확신이다. 오이디푸스는 친부모가 누구인지 확실히 알고 있다고 믿었기 때문에 길에서 아버지뻘 되는 노인을 죽이고 어머니뻘 되는 여자와 결혼하고도 자신의 운명이 실현된 것을 알지 못했다.

암탉이 알을 낳지 못하게 만든 여인에 관한 우화 역시 반전의 구조를 투명하게 보여준다. 여인은 달걀을 두 배로 얻으려고 암탉에게 모이를 두 배로 주었다가 그나마 매일 하나씩 생기던 달걀마저 잃어버리고 만다. 획득하고자 했으나 정반대로 상실한 것이다. 반전을 초래한 것은 모이를 두 배로 주면 암탉이 알을 두 배로 낳을 것이라는 계산 착오이고, 여기에는 다시 모이의 양과 알의 수량 사이에 비례 관계가 성립한다는 잘못된 확신이 깔려 있다.

그러면 그런 잘못된 확신은 어디에서 왔는가? 오이디푸스의 경우 잘못된 확신의 원인은 분명하다. 그는 양부모를 친부모로 알고 컸기 때문에 그렇게 믿을 수밖에 없었다. 하지만 암탉 여주인의 확신은 출처가 불분명하다. 그저 어느 날 갑자기 혼자서 제멋대로 그렇게 생각한 것이다. 그녀는 자신의 어떤 다른 경험에서 유추하여 그렇게 생각했겠지만, 다른 누구에게 물어보지도 않고 혼자만의 생각을 실천에 옮긴 것은 매우 경솔하고 어리석은 짓이었다고 할 수밖에 없다. 그렇다면 우리는 판단을 그르친 원인을 여인의 조급한 욕심에서 찾을 수 있을 것이다. 설사 모이를 더 많이 주어서 달걀을 더 많이 만들어낼 수 있다는 생각이 났다고 해도, 달걀 생산을 당장이라도 두 배로 늘려보겠다는 조급한 기대를 품지만 않았더라면 좀더 천천히 신중하게 그런 가정의 타당성과 실현 가능성을 검토해볼 수 있었을 것이기 때문이다. 결국 문제는 조급함이다. 그렇다면 조급함의 기원은 무엇인가?

대부분의 이야기들은 초기 상황의 제시로 시작된다. '옛날 옛적에 한 공주가 살고 있었다.' 이런 문장이 초기 상황의 제시에 해당된다. 그것은 일정하게 지속되고 있는 상태에 관한 진술이나 반복되는 일상에 관한 진술로 이루어지며, 암탉 이야기에서는 매일 암탉이 알을 낳고 그 알을 시장에 내다 파는 여인의 일상이 곧 초기 상황에 해당된다. 이야기의 핵심을 이루는 동적 변화의 과정이 시작되려면 이처럼 정적이고 반복적인 초기의 균형 상태를 깨뜨리는 충격이 필요하다. 이 충격에 의해 어떤 결핍이 초래되고, 결핍을 해소하기 위한 움직임이 시작된다. 러시아의 민담 연구가 블라디미르 프로프Vladimir Propp는 정적 상태에서 동적 과정으로의 전환을 두 가지로 구별한다. 하나는 적대자의 공격으로 결핍 상태가 초래되는 경우(사악한 마법사가 공주를 납치한다), 또 하나는 주인공이 어떤 계기로 이전에 알지 못하던 욕망을 품음으로써 결핍이 생기는 경우다. 이를테면 금지된 방에 들어갔다가 아름다운 공주의 초상화를 발견하고 상사병에 걸린 왕자의 이야기가 두 번째 경우에 해당된다. 왕자는 그림 속의 공주를 찾기 위해 길을 떠난다. 「여인과 살찐 암탉」 역시 어떤 외적 침해에 의해서가 아니라 주인공에게 새로운 욕망이 발생함으로써 초기의 균형 상태가 깨진다는 점에서 프로프가 언급한 두번째 경우에 해당된다.

하지만 「여인과 살찐 암탉」 우화는 적대자가 등장하는 민담뿐만 아니라 상사병에 걸린 왕자 이야기와도 분명한 차이를 드러낸다. 왕자의 욕망은 어쨌든 공주의 초상화라는 외적 자극으로 촉발된 것이다. 그러나 여인이 매일 달걀을 한 개씩 좋은 값에 내다 파는 반복적 일상을 영위하다가 어느 날 갑자기 더 많은 달걀을 원하게 된 것은 어떤 외적 자극에 의해서가 아니다. 그녀는 그저 혼자서 그런 생각이 들었을 뿐이다. 대체 무엇이 그런 생각을 일으킨 것일까? 무엇이 그녀에게 결핍을 느끼게 만들었는가? 정적인 초기 상태의 균형이 깨지고 본격적인 이야기가 시작된 이유는 불쑥 솟아난 주인공의 욕망뿐이다. 그런데 바로 이 밑도 끝도 없는 욕망이야말로 우화에서 가장 문제적인 부분이다.

이 우화에서 욕망은 프로프의 민담과는 달리, 초기 상황을 이루는 반복적 일상이 교란됨으로써 발생한 것이 아니라 반복적 일상 자체에서 필연적으로 발생한다. 암탉은 매일 아침 꼬박꼬박 품질 좋은 달걀을 낳아주었고 달걀은 시장에서 늘 비싼 값에 팔렸다. 여인으로서는 암탉과 달걀에 관한 한 특별히 불만이 있을 이유가 없었다. 문제는 그렇게 만족스러운 상황이 너무나 안정적으로 오래 지속되었다는 데 있다. 그 결과 여인은 권태에 빠진 것이다. 권태는 변화에 대한 막연한 욕망을 일으키고, 이는 다시 '모이를 두 배로 주면 달걀을 두 배로 낳을 것'이라는 식의 생각이 피어날 수 있는 좋은 토양을 제공한다. 그 생각이 떠오른 이상, 그걸 당장 실행해보고자 하는 갈망은 그 누구도

막을 수 없을 만큼 강렬해진다. 두 개의 달걀에 대한 생각은 반복적이고 권태로운 현재의 일상에서 벗어나 새로운 변화와 모험의 세계로 나아갈 수 있는 가능성을 제공해준다. 여인은 달걀이 더 필요해서가 아니라 변화가 필요했기 때문에 그 근거가 박약한 생각을 바로 실행에 옮긴 것이다. 그런 그녀에게 신중하고 차분한 계획의 검토를 기대할 수는 없는 노릇이다. 그것은 권태의 연장을 의미할 뿐이기 때문이다. 이로써 계산 착오와 조급성의 원인이 밝혀진다. 여인은 너무나 따분했기 때문에 변화의 가능성에 대한 생각이 떠오르자 한시도 더 기다릴 수 없었던 것이다.

안정적이고 만족스러운 시스템은 흔히 바로 이런 이유에서 망가지곤 한다. 만족스러움에 대한 불만, 그것을 사람들은 심술이라고 부른다. 인간은 근본적으로 심술꾸러기다. 안정적이고 균형 잡힌 상태의 오랜 지속은 심술을 낳고 심술은 시스템을 불안정하고 혼란스러운 상태로 몰아넣는다. 그러므로 이 우화에서 진짜 핵심은 더 많은 달걀에 대한 기대가 달걀의 상실로 전도되었다는 아리스토텔레스적 반전에 있는 것이 아니다. 너무나 만족스러운 암탉과 달걀 때문에 여인의 마음에 심술이 일어나는 순간, 그리하여 정적인 초기 상태가 동적인 이야기로 넘어가는 순간이 바로 우화의 결정적 전환점을 이룬다.

9

여우와 신 포도: 이중의 실패담

여우가 길을 가다가 담벼락 위에 포도가 대롱대롱 매달려 있는 것을 보았다. 너무나 먹고 싶어서 뛰어 보았지만 도저히 포도에 입이 닿지 않았다. 여우는 포기하고 돌아서며 말했다. "무슨 상관이람. 저 포도는 아주 실 텐데."

그레마스는 주체와 가치 대상(욕망의 대상) 사이의 관계를 바탕으로 하여 모든 이야기를 기술할 수 있다고 보았다. 주체를 S, 가치 대상을 O라고 할 때 주체와 가치 대상의 관계는 S∩O(결합) 또는 S∪O(분리)로 정의할 수 있고, 이야기는 이 관계의 변화로 요약된다. 그렇다면 다음과 같은 네 가지 이야기 도식을 생각할 수 있다.

S∪O → S∩O (획득)
S∩O → S∪O (상실)
S∩O → S∩O (보존)
S∪O → S∪O (실패)

그레마스는 이러한 도식을 서사 프로그램이라고 부른다. 그레마스에게 서사 프로그램은 무엇보다 상태의 변화를 의미하기 때문에 '획득'과 '상실'이 전형적인 서사 프로그램으로 간주된다. 하지만 '보존'과 '실패'의 이야기가 전혀 없다고는 할 수 없다. 보존과 실패의 프로그램도 단순히 동일한 상태의 지속에 그치지 않고, 대상을 거의 상실할 뻔하다가 그 위기를 넘긴다든가, 거의 손에 넣은 것을 안타깝게 놓쳐버리는 등의 변화를 포함할 수 있기 때문이다.

「여우와 신 포도」에서 여우는 높이 달려 있는 포도가 먹고 싶어 뛰어보지만 결국 포도를 따 먹는 데 실패하고 발길을 돌린다. 이야기의 시작에서 주체(여우)와 가치 대상(포도)은 분리되어 있었고, 이야기의 마지막에서도 양자는 여전히 분리되어 있다. 그러므로 「여우와 신 포도」는

'실패'의 서사 프로그램으로 요약된다. 하지만 그것이 전부라면 이 우화는 매우 싱거운 이야기가 되고 말 것이다. 이러한 단순한 실패담에서는 이야기를 흥미롭게 만드는 어떤 전환과 변화도 찾아볼 수 없기 때문이다.

이 우화를 문제적으로 만드는 것은 실패하고 돌아서는 여우의 종사다. "무슨 상관이람. 저 포도는 아주 실 텐데." 여우는 여기서 자기가 획득하고자 했던 대상의 가치를 부정한다. 신 포도는 가치 대상이 아니다. 이에 따르면 여우와 포도 사이에는 주체와 가치 대상의 관계 자체가 성립하지 않고, 그러므로 양자의 관계에서 어떤 형태의 서사 프로그램도 발생할 수 없다. 포도가 가치 대상이 아니라면 그것을 획득하든, 획득하지 못하든 아무 차이도 없다. 그리하여 실패담은 지워진다.

여우는 포도를 획득하려는 서사 프로그램의 주체가 되기를 포기함으로써 실패담의 주인공이 되었다는 데서 오는 부정적 감정을 떨쳐버리고자 한다. 그러한 시도가 가능한 것은 물론 대상의 가치가 주체에 달려 있기 때문이다. 주체가 욕망함으로써 비로소 대상은 가치를 지니게 된다. 따라서 주체가 대상에 부정적 가치를 부여하고 그것을 더 이상 욕망하지 않게 된다면, 서사 프로그램의 기반이 되는 주체와 대상의 관계는 사라질 것이다. 그러나 문제는 대상에 대한 욕망이나 가치 부여가 그렇게 자의적으로 변경될 수 있는 것은 아니라는 데 있다. 처음에 포도의 유혹적인 모습은 여우의 마음속에 대상에 대한 강한 욕망을 불러일으켰다. 그래서 여우는 그걸 따 먹으려고 열심히 뛰어올랐던 것이다. 그런데 이제 와서 단순히 마음을 고쳐먹는다고 해서("저 포도는 아주 실 텐데") 포도를 먹지 못한 아쉬움이 간단히 사라지지는 않을 것이다. 주체는 마음대로 행동할 수 있다. 하지만 마음을 마음대로 할 수는 없다.

우화는 포도를 향해 투덜거리는 여우가 실제로 어떤 심정인지에 대해 더 이상 자세히 이야기해주지 않는다. 하지만 여우는 포도의 가치를 억지로 부정하면서도 여전히 포도를 향한 마음을 제거하기는 어려웠을 것이다. 그렇다면 「여우와 신 포도」는 이중의 실패담이라고 할 수 있을 것이다. 포도를 따 먹고자 했으나 먹지 못한 실패담 위에, 그 실패담에서 벗어나고자 하나 벗어나지 못하는 또 하나의 실패담이 얹혀 있는 것이다.

IO

아이와 늑대:
자기목적적 싸움

높고 험한 절벽에 올라간 아이가 멀리 절벽 밑에 있는 늑대를 조롱하고 욕설을 퍼부었다. 늑대는 그저 멈춰 서서 이렇게 대꾸할 뿐이었다. "비겁한 놈아. 네가 나를 약 올릴 수 있다고 생각하니? 나를 조롱하는 건 네가 아니라, 네가 서 있는 자리야."

이야기는 문답의 구조로 파악할 수 있다. 이야기의 전반부가 뭔가 해결되어야 할 문제를 제시하는 부분이라면, 이야기의 후반부에서는 그 문제에 대한 해결이 제공되어야 한다. 이야기의 독자는 전반부에서 어떤 질문을 품고, 후반부에서 그 질문에 대한 답을 얻는다. 이러한 문답 구조에서 핵심은 답이 질문을 뛰어넘어야 한다는 것이다. 즉 답은 질문으로부터 예상하고 기대할 수 있는 것 너머에서 나와야 한다. 그것이 이야기를 흥미롭게 만든다.

아이는 늑대가 접근할 수 없는 곳에 자리를 잡고 욕설을 퍼부음으로써 늑대를 도발한다. 도발은 질문이다. 늑대는 아이의 이런 어처구니없는 공격에 대해 어떻게 답할 것인가? 이것이 이야기의 질문이다. 아이는 늑대가 딱히 효과적으로 대응할 방법을 찾지 못할 것이라고 기대하고서 이런 도발을 감행한 듯하다. 약이 오른 늑대가 화가 나서 마찬가지로 아이에게 욕을 해대는 것이 쉽게 예상할 수 있는 반응이다. 그러면 아이는 다시 더 심한 욕으로 늑대를 괴롭혔을 것이다. 서로 똑같이 말싸움을 하더라도 결국 승자는 아이가 된다. 왜냐하면 아이에게 놀림을 당하는 것 자체가 늑대에게는 크나큰 수치이기 때문이다. 게다가 공간적인 관계에서도 늑대는 불리한 처지다. 아이는 위에 있고, 늑대는 아래에 있다. 늑대는 아이를 올려다보며 말싸움을 해야 한다. 공간적 상하 관계가 가지는 상징성을 생각할 때 그것은 대단히 불리한 싸움이라고 할 수밖에 없다. 늑대로서는 아이가 만들어놓은 질문의 틀 안에 머물러 있어서는 아무런 가망이 없다. 게다가 이런 식의 전개는 이야기 구성의 차원에서 보더라도 바람직하다고 할 수 없다. 그것은 아이의 도발을 통해 제기된 질문을 뛰어넘지 못한다. 답은 질문이 예상한 차원 안에 머물러 있다. 이야기는 전혀 흥미롭지 못하다. 이런 상황에서 과연 늑대는 어떻게 반응할 것인가? 늑대는 어떻게 아이의 도발이 던진 질문을 뛰어넘는 답을 제시할 것인가?

늑대는 아이가 하는 욕의 내용을 반박하는 것이 아니라, 아이가 욕을 하고 있는 상황에 대하여 논평하는 것으로 대답을 대신한다. 그렇게 하여 늑대는 아이가 시작한 싸움의 상대가 되기보다, 그 싸움의 논리 자체를 관찰하고 논평하는 주체의 위치에 올라선다. 공간적으로는 아이가 위에 있지만, 논리적인 지위에 있어서는 늑대가 상위 지점을 차지한 것이다.

이 지점에서 늑대는 아이가 놀고 있는 싸움판을 향해 치명적인 말을 던진다. 늑대의 논평에 따르면 아이는 늑대를 공격할 수 있는 능력이 없다. 아이로 하여금 늑대를 조롱할 수 있게 만들어주는 것은 우연하게도 아이가 지금 늑대가 접근할 수 없는 높은 위치에 서 있다는 사실뿐이다. 그러므로 지금 늑대를 조롱하고 있는 것은 아이가 아니라 아이가 서 있는 자리다. 늑대는 아이를 주어의 자리, 주체의 지위에서 추방한다. 즉 '아이가 높은 절벽 위에서 늑대를 조롱한다'라는 문장에서 주어 '아이'를 삭제하고, 보조적인 부사구에 지나지 않는 '높은 절벽 위에서'를 주어의 자리에 가져다놓은 것이다. 주체성을 부정당한 아이는 더 이상 늑대를 공격하지 못하게 된다.

이러한 늑대의 주장에 깔려 있는 것은 주체성이 수행 능력(사부아르-페르, 푸부아르-페르, 6장 참고)과 동일시될 수 있다는 생각이다. 이 관념에 의하면 주체는 뭔가를 수행하는 자가 아니라 뭔가를 수행할 수 있는 자다. 이 우화에서 아이의 수행 능력은 전적으로 공간적 위치에서 나온다. 하지만 우연한 공간적 위치를 아이의 본질적 속성이라고 볼 수는 없기 때문에, 아이는 결국 주체가 될 수 없는 것이다.

능력으로서의 주체성이라는 관념은 모든 자기목적적 싸움에 내재되어 있다. 자기목적적 싸움이란 승리 자체, 즉 주체의 우월함에 대한 증명 자체가 목적이 되는 싸움을 뜻한다. 이를테면 스포츠는 자기목적적 싸움의 전형적인 사례다. 스포츠 선수의 가치는 그가 경기를 통해 증명해내는 자신의 능력에 비례한다. 수행의 목적은 오직 수행할 수 있음을 입증하는 데 있다. 멀리뛰기 선수들은 구덩이를 건너서 어떤 목표 지점에 이르기 위해 뛰는 것이 아니라, 멀리 뛸 수 있음을 보여주기 위해 뛰는 것이다. 누군가가 살기 위해 구덩이를 건너야 한다면, 그리고 그 순간 약물 주사를 맞아서 그 목표를 이루어낸다면, 그 사람은 성공한 것이다. 그러나 자신의 능력을 보여주기 위해 뛰는 육상 선수는 약물 의존 사실이 밝혀지는 순간 선수로서의 자격, 즉 주체성을 박탈당한다. 늑대의 표현을 사용한다면, 이때 멀리 뛴 것은 선수가 아니라 약물이기 때문이다.

그러므로 능력으로서의 주체성은 가치 대상과의 관계에 의해 구성되는 그레마스적 서사 프로그램의 주체성(9장 참고)과는 확연히 구별된다. 그레마스의 서사 프로그램 속에서는 대상이나 목적에 대한 욕망이 주체를 주체로 만들어준다. 주체는 무엇보다도 어떤 가치 대상을 획득하고자 하는 욕망의 주체이며, 이때 욕망의 대상을 획득할 수 있는 능력, 목적을 이룰 수 있는 능력은 주체성의 본질적 부분이 아니다. 신데렐라는 무도회에 가고 싶은 욕망을 품는 순간 이야기의 주체가 된다. 일단 주체가 되고 나면 능력은 요정과 같은 외부 조력자에게서 빌려올 수도 있다. 하지만 능력 자체가 주체성의 본질적 구성 요소라면 요정의 도움을 받아 이룬 성공은 진정한 성공일 수 없다.

늑대는 아이가 시작한 싸움이 자기목적적 싸움임을 간파한다. 아이는 뭔가를 획득하기 위해서가 아니라 오직 어떤 승리감을 맛보기 위해서, 즉 스스로의 우월성을 확인하기 위해서 늑대를 공격한다. 하지만 아이는 자기의 능력과 무관한 것에 기대고 있기 때문에 게임의 룰을 어긴 것이고, 결국 선수로서의 자격을 상실한다. 아이의 공격은 무효로 선언된다. 늑대는 상황에 대한 통찰을 통해 공격당하는 게임 속 선수의 지위에서 벗어나 게임을 관리하는 심판으로 변신하고, 그러한 심판의 자격으로서 아이의 공격을 무력화시킨다.

II

「여우와 신 포도」에 대한 보론: 욕망과 능력

능력으로서의 주체성이라는 관념은 「여우와 신 포도」에서 왜 여우가 실패담의 주인공이 되는 것을 원치 않았는지를 설명해준다. 그것은 자신이 능력이 부족한 주체임을 의미하기 때문이다. 여우는 포도를 먹고자 함으로써 욕망을 지닌 주체가 된다. 하지만 욕망의 대상을 획득하는 데 실패함으로써 '할 수 있음'으로서의 주체성을 박탈당한다. 주체의 가치가 부정당할 위기 앞에서 여우는 욕망 자체를 부정함으로써 욕망과 능력의 불일치에서 오는 불쾌감을 해소하려 한다.

우리는 주체성을 구성하는 두 가지 핵심 요소로서 대상에 대한 욕망(가지고 싶음)과 그것을 획득할 수 있는 능력(가질 수 있음)을 추출하고 이 두 요소를 바탕으로 서사적 주체의 유형론을 구성해볼 수 있다. 대상에 대한 욕망과 그것을 획득할 수 있는 능력이 서로에 대해 독립적인 변수이기 때문에 다음과 같은 네 가지 조합 가능성이 생겨난다.

1. 원하고 획득할 수 있는 경우
2. 원하고 획득할 수 없는 경우
3. 원하지 않고 획득할 수 있는 경우
4. 원하지 않고 획득할 수 없는 경우

동화나 민담과 같은 대부분의 단순한 이야기는 두번째 상황(원하지만 획득할 수 없음)에서 시작된다. 이를테면 한겨울에 감이 먹고 싶은 노모老母의 이야기가 그 좋은 사례일 것이다(감이 먹고 싶다/감을 구할 수 없다). 욕망이 있으나 능력이 없다는 것이 이야기의 문제인데, 이 문제는 이야기의 전개 과정에서 '할 수 없음'이 '할 수 있음'으로 바뀜으로써 해결된다. 즉 감을 구하러 간 아들은 신령님의 도움으로 욕망과 능력의 일치 상태에 도달한다(먹고 싶다/구할 수 있다). 신데렐라는 왕자가 개최하는 무도

회에 가고 싶지만 옷이 없어서 갈 수 없다. 이때 요정이 나타나서 그녀에게 옷과 마차를 제공해준다.

「여우와 신 포도」에서도 출발 상황은 동일하다. 여우는 포도가 먹고 싶지만 포도가 너무 높이 달려 있어서 먹을 수 없다. 그런데 여우는 욕망과 능력의 불일치에서 발생하는 문제를 능력을 얻는 것이 아니라 욕망을 버리는 것으로 해결하려 한다. 두 이야기의 줄거리를 욕망과 능력이라는 관점에서 도식화해보면 다음과 같다.

먹고 싶다/구할 수 없다→먹고 싶다/구할 수 있다 (2→1: 감 이야기)
먹고 싶다/딸 수 없다→먹고 싶지 않다/딸 수 없다 (2→4: 여우와 신 포도 이야기)

이와는 또 다른 플롯 구성을 생각할 수 있을까? 이를테면 출발 상황에서 욕망이 없고 능력만 있다가 욕망이 뒤늦게 생겨나는 줄거리가 가능할까? 그림 형제의 동화 「세 가지 소원」이 바로 그러한 경우일 것이다. 노부부는 천사에게서 세 가지 소원을 선물로 받는다. 그들은 무엇이든 상관없이 원하는 것 세 가지는 획득할 수 있게 된 것이다. 하지만 그 세 가지가 무엇인가는 괄호 안에 남아 있다. 모든 것을 획득할 능력은 있는데 구체적인 욕망은 없는 것이

노부부가 처한 출발 상황이다. 그들의 과제는 적합한 욕망의 대상을 찾는 것이고, 그들이 무엇을 원할 것인가가 이야기의 플롯 전개를 좌우하는 핵심적 문제가 된다. 이 이야기에서 세 칸의 괄호는 그들이 가진 능력에 비해 터무니없이 하찮은 욕망으로 하나하나 채워져간다. 할아버지는 무심코 소시지가 먹고 싶다고 말하고, 할머니는 화가 나서 소시지가 할아버지 코에 붙어버리라고 말하며, 마지막 남은 소원은 코에 붙은 소시지를 떼어내는 데 사용된다. 일반적으로 이야기가 욕망과 능력 사이의 균형점을 찾아 나아간다면, 이 동화에서는 양자의 불일치와 불균형이 희극적인 효과를 자아낸다.

12

늙은 사냥개:
의지와 능력

오랫동안 주인을 위해 아주 훌륭하게 봉사한 사냥개가 있었다. 하지만 나이가 들어가면서 힘이 빠지고 건강도 쇠약해졌다. 어느 날 사냥개는 멧돼지를 잡으려 했지만 귀만 물어뜯고 놓쳐버렸다. 주인은 사냥개를 꾸짖고 매질했다. 그러자 사냥개가 이렇게 말했다. "주인 나리, 내 용맹함이나 의지 때문에 이렇게 된 게 아니라는 건 잘 아시잖아요. 나는 다만 당신을 섬기다가 힘도 이빨도 다 잃은 것뿐이랍니다." 주인은 그 말을 듣고 매질을 중단했다.

그레마스에 따르면, 이야기 속에서 주체의 성공적인 과업 수행은 의지vouloir faire와 능력(힘pouvoir faire 혹은 지혜, 기술savoir faire)을 전제로 한다. 의지와 능력 가운데 어느 하나라도 결여되어 있다면, 주체는 과업 수행에 실패할 것이다. 이러한 논리는 이미 이루어진 행위의 결과를 해석하는 데도 적용될 수 있다. 수행이 성공적인 경우, 주체가 의지와 능력을 모두 갖추고 있었다고 해석할 수 있을 것이다. 그런데 만일 주체가 수행에 실패한다면, 이에 대해서는 다음과 같은 다양한 해석이 가능하다.

1. 의지도 능력도 없었다.
2. 의지는 있었지만, 능력이 없었다.
3. 능력은 있었지만, 의지가 없었다.

수행의 실패를 어떻게 해석하느냐에 따라 주체에 대한 이해는 달라진다. 앞으로 실패를 반복하지 않기 위해 무엇을 할 것이냐도 이 해석에 달려 있다. 사냥개의 주인은 멧돼지 사냥에 실패한 개를 능력은 있으나 의지가 없는 경우(3)로 해석한다. 그래서 사냥에 열심히 임하지 않은(즉 싸우려는 의지가 부족한) 데 대해 징벌을 가함으로써 약해진 개의 의지를 북돋우려 한 것이다. 이에 대해 사냥개는 사냥 실패의 원인이 의지 부족 때문이 아니라 능력

(힘)의 부족(2) 때문이라고 항변한다. 사냥개의 말이 옳다면, 야단을 치고 매질을 한다고 해서 앞으로 사냥개가 좋은 실적을 올릴 가능성은 없을 것이다. 그렇다고 기력을 강화하기 위한 다른 방책을 써볼 수 있을 것 같지도 않다. 사냥개는 이미 돌이킬 수 없을 정도로 노쇠해졌기 때문이다. 이 개를 데리고 사냥을 하는 것은 포기해야 할 시점이 된 것이다. 주인도 너무나 명백해 보이는 사냥개의 자기 해석 앞에서 매질을 멈출 수밖에 없었다.

주인과 사냥개 사이의 논쟁 구도는 다른 사람으로 하여금 뭔가를 하게 하려는 사람과 그것을 실제로 수행해야 하는 사람 사이에서 특징적으로 나타난다. 너는 할 수 있다, 그런데 왜 안 하려고 하느냐? 나도 하려고 한다. 하지만 할 수 없는 걸 난들 어쩌란 말이냐. 실생활에서 흔히 일어나는 이러한 논쟁은 주인과 늙은 사냥개의 우화에서와는 달리 대부분 잘 결론이 나지 않는다. 의지와 능력은 객관적 관찰이 어려운 인간의 내적 상태에 관한 것이라서, 무엇을 하지 못하는 것이 의지 때문이냐 능력 때문이냐는 결국 주관적 해석의 문제로 귀착하고 만다.

게다가 의지와 능력은 있거나 없거나 두 가지 경우만 있는 것이 아니고, 강하기도 하고 약하기도 하고, 많기도 하고 적기도 하기 때문에 해석의 모호성은 더욱 증폭된다. 강한 의지는 부족한 능력을 보완할 수 있고, 탁월한 능력은 약한 의지에도 불구하고 일을 손쉽게 성사시킬 수도 있다. 즉 의지와 능력은 어느 정도는 서로를 보충할 수 있는 것이다. 예컨대 천재는 99퍼센트의 노력과 1퍼센트의 영감으로 이루어진다는 에디슨의 명언은 강하고 집요한 의지가 상당 부분 능력을 대체한다는 것을 시사한다.

그래서 누군가가 과업을 성공적으로 수행한 경우에도 여전히 해석의 문제는 남는다. 물론 그 사람이 일에 필요한 의지와 능력을 갖추었다는 데는 대체로 이견이 없겠지만, 의지와 능력이 각각 어느 정도 비중으로 과업의 성공적 이행에 기여했는가 하는 문제에서 입장 차이가 생겨날 수 있는 것이다. 능력은 그리 많지 않았지만 강력한 의지가 결정적이었다는 해석도 있을 것이고, 반대로 의지는 그리 강하지 않았지만 뛰어난 능력이 결정적이었다는 해석도 있을 것이다. 사람들은 좋은 성적을 받는 학생을 흔히 노력형과 천재형으로 구분하는데, 이 역시 좋은 성적을 낳은 주체의 자질 가운데 의지와 능력이 차지하는 비중을 어떻게 평가하느냐의 문제다.

이처럼 주체를 의지와 능력에 따라 해석하는 것을 '양태적 해석modal interpretation'이라고 부를 수 있다. 양태적 해석은 언제나 주체에 대한 가치판단을 함축한다. 공부 잘하는 학생을 보고 "너는 노력형이야"라고 말하면 그 학생은 기분 나빠할지도 모른다. 그것은 곧 자신의 능력에 대한 낮은 평가를 의미하기 때문이다. 우리가 자기목적적 싸움의 논리를 통해 확인한 것처럼, 흔히 능력은 주체의 가치와 동일시된다. 이솝 우화에서도 남과 경쟁하며 자기의 능력을 뻐기는 인물들이 빈번히 등장한다(예컨대 「해와 바람」「토끼와 거북」). 그들은 위신을 높이기 위해 어떻게든 자신의 능력을 드러내고 인정받고 싶어 한다. 하지만 능력에 대한 타인의 인정 또는 믿음은 때로 주체를 속박하고 궁지로 몰아넣기도 한다. 늙은 사냥개가 바로 이러한 입장에 처해 있었다. 사냥개는 사냥 능력 때문에 평생 주인에게 묶여 봉사해야 했고, 다 늙어빠진 뒤에야 비로소 능력의 부재를 입증하고 마지막 자유와 안식을 찾게 된다.

추기

의지와 능력의 착종은 의지에 대한 사람들의 통념 속에도 들어 있다. '의지력'이라는 단어를 생각해보라. 이 단어에서 의지는 일종의 능력(힘)으로 파악되고 있다. '강한 의지, 약한 의지'라는 표현 속에도 이미 의지는 힘과 뒤섞여 있다. 사냥개가 말한 용기도 의지와 능력이 상호 연관되어 있음을 말해주는 개념 가운데 하나다. 용기는 한편으로 싸움을 회피하지 않는 태도라는 점에서 의지의 범주에 속하지만, 그 원천은 할 수 있다는 자신감, 스스로에게 싸울 능력이 있다는 믿음이기에 능력과 무관하다고 할 수 없는 것이다. 능력과 일정한 비례 관계가 성립하지 않는 용기는 더 이상 용기가 아니라 만용이라고 불린다. 우리는 용기라는 개념을 통해서 능력이 부분적으로 의지의 원인이 될 수 있음을 알 수 있다. 어떤 의미에서 사람들은 자기가 할 수 있는 것을 하고 싶어 한다고 할 수 있을 것이다.

또 한 가지 덧붙여야 할 것은 의지가 욕망과 구별되는 개념이라는 것이다. 욕망이 대상과 결합되고자 하는 마음vouloir être(그레마스)이라면, 의지는 대상을 획득하기 위해 행위하고자 하는 의욕vouloir faire이다. 강렬한 욕망은 대체로 그에 상응하는 강력한 의지를 불러일으키게 마련이다. 하지만 반드시 욕망과 의지가 상응 관계에 있는 것은 아니다. 예컨대 감나무 밑에서 입 벌린다는 속담은 대상을 향한 욕망(감이 먹고 싶다)과 미약한 행동 의지(감을 따기 위해 행동하고자 한다) 사이의 괴리 가능성을 보여준다.

13

「늙은 사냥개」에 대한 보론: 바보와 영웅

사냥개는 자신의 능력 때문에 평생 주인을 위해 봉사해야 했고, 능력을 잃은 다음에야 안식과 자유의 시간을 찾을 수 있었다. 사냥개에게 능력은 구속을, 무능은 자유를 의미한다. 우리는 이 지점에서 이야기 주인공의 대표적인 두 유형, 즉 바보와 영웅을 떠올리게 된다.

양태적 해석에 따르면 바보는 '할 수 없다' 또는 '할 줄 모른다'에, 그리고 영웅은 '할 수 있다' 또는 '할 줄 안다'에 해당된다. 이러한 양태적 차이 때문에 바보와 영웅은 공동체 속에서 상이한 위치에 놓인다. 바보는 '할 수 있다'

는 자질을 갖추지 못한 탓에 쓸모없는 존재로 낙인찍히며 결국 외로운 국외자가 된다. 반면에 영웅은 '할 수 있다'는 자질 덕분에 공동체 전체의 기대를 한 몸에 받는다. 공동체가 해결해야 할 어떤 과업에 직면하면 사람들의 시선은 영웅에게 쏠린다.

예컨대 그림 형제의 동화집에 수록된 「소름을 찾아나선 소년」에서 주인공은 아무것도 할 줄 아는 게 없고 엉뚱한 행동으로 말썽만 일으키는 집안의 골칫덩어리다. 그의 소망은 오직 한 가지, 소름끼친다는 게 어떤 느낌인지 알고 싶다는 것뿐이다. 그는 태어나서 한 번도 그런 느낌을 가져본 적이 없었고, 사람들이 소름끼친다고 말하는 게 무슨 뜻인지 몹시 궁금해한다. 그의 아버지는 아들이 그런 쓸데없는 문제에만 골몰하고 있는 것을 한심하게 여긴다. 아버지는 결국 집안일에 전혀 도움이 되지 않는 아들을 내쫓아버린다. 주인공은 무능함으로 인해 아버지에게서 버림받는 가련한 신세가 된 것이다. 하지만 이를 그렇게 부정적인 사건으로만 볼 것은 아니다. 그것은 주인공이 아버지라는 권위, 집안의 구속과 의무로부터 해방되었음을 의미하기도 한다. 이제 주인공은 넓은 세상에서 마음대로 자기가 하고 싶은 일을 할 수 있는 자유를 얻은 것이다. 그는 평소 원하던 대로 소름이 무엇인지 알아내기 위해 길을 떠난다. 일반화시켜서 말한다면 이야기 속의 바보는 '할 수 없음'의 양태를 통해서 공동체의 구속 바깥에 선 자유인이 된다.

비범한 능력을 지닌 영웅은 바보와는 반대로 공동체로부터 최대한의 구속과 의무를 짊어진다. 영웅에게 자기 자신만을 위해서 행동한다는 것은 있을 수 없는 일이다. 손오공의 경우를 생각해보자. 손오공은 스승으로부터 72가지 도술을 전수받는다. 손오공은 '할 수 있음'의 양태로 똘똘 뭉쳐진 인물이다. 그는 이 마법의 능력으로 하고 싶은 온갖 장난을 다 해보려고 까불다가 부처님의 제재를 받는다. 결국 손오공에게는 삼장법사를 도와 서역에서 불경을 찾아와야 한다는 과업이 주어진다. 손오공의 머리에는 금테가 씌워지는데, 이는 그로 하여금 삼장법사의 명에 절대적으로 복종하도록 하기 위한 장치다. 삼장법사가 주문을 외우면 금테가 손오공의 머리를 옥죄어 견딜 수 없는 두통을 일으킨다. 손오공의 금테는 자유로운 바보의 대척점에서 있는 영웅이 감수해야 하는 자유의 박탈을 상징적으로 보여준다.

이상의 논의를 바탕으로 '할 수 있다'의 양태와 자유 사이의 역설적인 관계에 관해 생각해볼 수 있다. 자유는 양태적인 관점에서 일단 '할 수 있다'로 정의할 수 있을 것이다. 손오공은 근두운을 타고 날아다닐 수 있으므로 날 수 없는 보통 사람들보다 그만큼 더 자유롭다. 같은 이유에서 기술의 발전은 흔히 인류를 자연의 구속으로부터 점점 더 자유롭게 해준 것으로 여겨진다. 다시 말해서 기술의 발전은 '할 수 있는 일'을 점점 더 늘려왔고, 그것이 자유의 증진으로 인식되고 있는 것이다.

그런데 위의 바보 이야기에서 보듯이, 오히려 할 수 없음이 자유를 주는 경우가 있다. 군 신체검사에서 면제 판정은 피검사자에게 '할 수 있다'는 양태적 자질이 결여되어 있다('할 수 없다')는 부정적 의미를 지닌다. 하지만 병역 비리 사건이 보여주듯이 이런 부정적 평가가 고액에 거래되는 매매 대상이 될 수 있는데, 그것은 할 수 없음이 병역 의무로부터의 자유를 의미하기 때문이다. 하기 싫은 일인데 할 수 없다면, 그것처럼 좋은 일이 없다. 우리는 종종 하기 싫지만 할 수 있는 일을 타인으로부터 요구받고, '내가 그 일을 할 수 없는 처지라면 얼마나 편할까' 하는 생각을 한다. 직접 거절하기 어려운 경우, 사자에게 감기가 걸려 냄새를 맡을 수 없다고 둘러댄 여우처럼 '할 수 없다'는 핑계를 꾸며내려고 애쓰지만, 마땅한 핑계를 댈 수 없으면 타인의 요구에 응하는 수밖에 별 도리가 없다. 역설적으로 할 수 있다는 사실이 굴레가 되어 하고 싶은 대로 하지 못하는 것이다. 할 수 있음이 구속을 불러온다. 손오공은 근두운을 타고 날아다닐 수 있기에 불경을 가지러 가는 모험에 파견되고 금테의 구속을 감수해야 했던 것이다.

막강한 권력자들이 종종 자기가 가진 권력의 노예가 되는 것도 이와 동일한 구조로 설명될 수 있지 않을까 생각된다. 어떤 사람이 권력을 쥐면, 그의 '할 수 있음'을 이용해보려는 집단이 생겨난다. 이 때문에 권력은 권력자 개인에게 있지만, 결국 그에게는 자기 마음대로 할 수 있는 일이 없어져버린다. 기술이 인간에게 자유의 증진을 가져다주지만 동시에 엄청난 구속이 되기도 한다는 사실 역시 마찬가지 원리로 설명할 수 있다. 권력과 기술 모두 양태적인 관점에서는 '할 수 있다'로 정의되기 때문이다.

14

토끼와 거북: 두 도전

토끼가 느려 터진 거북이를 놀려댄다. 하지만 거북이는 토끼가 아무리 빨라도 자기가 이길 수 있다고 장담한다. 토끼는 그 말을 후회하게 해주겠다며 거북이와 경주를 하기로 한다. 경기가 시작되자마자 거북이는 터무니없이 뒤처지고 토끼는 낮잠이나 한숨 자고 가도 되겠다고 생각한다. 토끼가 깨어났을 때 거북이는 결승점에 이미 도달해 있었다.

토끼는 빠르고 거북이는 느리다. 그런데 진화론적 관

점에서 생각해보면 거북이가 토끼에 비해 열등하다고 말할 수는 없다. 토끼는 포식자에게서 도망가기 위해 빠르게 달리는 능력을 발전시켰다. 거북이의 경우 포식자에 대한 방어 기능을 하는 것은 달리는 능력이 아니라 단단한 등껍질이다. 등껍질 때문에 오히려 거북이의 움직임은 더욱 둔해졌을 것이다. 하지만 결과적으로 생존에 더 유리했기에 거북이는 그 무거운 등껍질을 힘겹게 짊어지고 다니게 된 것이다.

토끼가 굼뜬 거북이를 놀렸을 때 그 전제는 바로 달리기 능력이 주체를 평가하는 절대적 가치 척도라는 것이다. 그래서 이 능력을 갖추지 못한 자는 경멸의 대상이 된다. 그것은 곧 경주의 논리다. 경주는 달리기 능력이 생존의 기술이라는 의미 맥락에서 떨어져나와 그 자체로 주체의 가치를 좌우하는 기준으로 절대화될 때 성립한다. 경주는 주체성을 능력과 동일시하는 자기목적적 싸움의 일종인 것이다. 이러한 관점에 따르면 토끼와 거북이의 상이한 진화 전략은 아무런 의미도 없다. 달리기 능력이라는 하나의 기준 앞에서 토끼와 거북이는 완전히 동등하고 비교 가능한 주체로 규정된다.

토끼의 조롱에 대해 거북이가 할 수 있는 가장 현명한 대응은 아예 처음부터 그런 경주의 논리에 말려들지 않는 것이었으리라. 거북이는 이렇게 말할 수도 있었을 것이다.

왜 빨리 달려야 하지? 난 이렇게 느릿느릿 잘 살고 있는걸. 빠른 게 왜 좋은 거지? 그러나 거북이는 토끼가 전제하는 경주의 논리를 받아들이는 데 그치지 않고, 진짜 경주를 하자고 제안하기까지 한다. 이로써 거북이는 발 빠른 토끼에게 일방적으로 유리한 구도 속에 제 발로 걸어 들어간다.

거북이는 어리석게도 자기에게 절대적으로 불리한 싸움을 시작한다. 토끼의 입장에서는 사실 거북이 따위와 달리기 시합을 할 이유가 조금도 없었다. 토끼가 경주에서 승리한다 한들, 그것이 토끼의 명성을 크게 높여줄 리도 만무하다. 경주는 오직 거북이가 토끼를 도발함으로써 성사된 것이다. 그런데 이처럼 질 것이 뻔한 싸움을 자청하는 것은 성숙하지 못한 객기에 지나지 않는다.

그러면 대체 거북이는 왜 그런 객기를 부려서 더 큰 망신을 당할 위험을 자초한 것일까? 토끼가 심하게 놀려서 격분한 나머지 이성을 잃은 것일까? 하지만 이 우화의 한 판본에 따르면 거북이는 전혀 흥분하지 않고 오히려 미소를 지으면서 승리를 장담했다고 한다. 그것은 아마도 거북이가 토끼의 논리에 빨려 들어가는 척하면서도 이미 그 논리 밖으로 나갈 수 있는 묘책을 생각해두고 있었기 때문일 것이다. 좀더 정확히 말하면, 거북이가 그렇게 여유 있는 태도를 보인 것 자체가 작전의 일부였다고 할 수 있다.

거북이의 호언장담은 토끼에게 충격적인 수수께끼를

던져준다. 경주는 빠른 자가 이기는 게임이다. 그런데 거북이는 자신만만한 태도로 토끼가 아무리 빨라도 자기한테 당하지 못할 거라고 말한다. 이처럼 빠른 자가 경주에서 질 것이라는 역설적이고 모순적인 주장은 궁금증을 낳는다. 거북이는 어떻게 이 모순을 해결할 것인가? 거북이에게 어떤 비책이 있는 것일까? 도대체 경주에서 거북이는 무엇을 보여주려 하는 것일까? 토끼는 거북이가 승리를 주장하는 데 화가 나기도 했지만, 거북이의 속셈에 대한 궁금증 때문에라도 도전에 응하지 않을 수 없었을 것이다. 거북이가 던져준 수수께끼는 경주를 실제로 해보지 않으면 결코 풀리지 않을 것이기 때문이다.

이것이 거북이와의 경주에 임하는 토끼의 맥락이었다. 거북이가 수수께끼를 냈고 그것이 경주에 어떤 긴장감을 유발한다. 이 경주에서 토끼가 빠르게 달리리라는 것은 충분히 예상되는 바다. 토끼에게는 아무런 수수께끼도 없다. 토끼에게나 독자에게나 관심의 초점은 승리를 호언장담한 거북이가 과연 무엇을 할 것인가에 쏠려 있다.

그런데 경주가 시작되자 거북이는 무엇을 했는가? 거북이는 아무것도 하지 않았다. 거북이는 아무것도 보여주지 않았다. 그렇게 큰소리를 쳐서 경주를 성사시켜놓고는 어떤 비장의 카드도 꺼내지 않았다. 거북이는 그저 평소처럼 느릿느릿 나아갔을 뿐이다. 거북이가 낸 수수께끼는 어처구니없는 허풍에 지나지 않았던 것이다. 그래도 혹시나 하는 긴장감에 열심히 달려 나가던 토끼는 멀리 뒤처져버린 거북이를 돌아보며 자기가 속은 것을 깨닫고 허탈해한다. 날쌔기로 이름 높은 토끼가 거북이 따위와 경주를 하다니. 이제 거북이와의 경주는 토끼에게 아무런 의미도 지닐 수 없다. 경주가 자기목적적 싸움으로서 주체의 능력을 시험하고 증명하기 위한 게임이라면, 토끼가 거북이에게 싱겁게 승리함으로써 증명할 수 있는 것은 아무것도 없다. 소도, 쥐도, 코끼리도, 심지어 거위도 저런 거북이쯤은 가볍게 이길 것이다. 토끼는 경주에 이겨봐야 얻을 것도 없고, 그저 거북이의 도전을 뭔가 진지한 것으로 믿고 경주에 임했다는 사실만이 두고두고 민망하고 부끄러운 기억으로 남을 것이다.

토끼는 이런 허탈한 깨달음 앞에서, 그래도 이 경주가 뭔가 의미 있는 것이 될 수 있는 방법에 대해 생각한다. 토끼는 한숨 자고 나서 달리기로 한다. 그렇게 하고도 거북이를 이긴다면 토끼는 준족의 동물로서 명성을 드높일 수 있을 것이다. 경주 중간에 한숨 자고 나서도 거북이를 이기는 것은 아무 동물이나 해낼 수 있는 것이 아닐 테니까. 토끼가 승리의 조건을 스스로 더 까다롭게 만듦으로써, 사라져버린 경주의 긴장감이 되돌아온다. 이제 경주는 토끼에게도 완전히 쉽지만은 않은 도전이 된다. 승패는 다시 불확실해지고, 거북이에게도 기회가 생긴 것이다. 토끼가 깨기 전까지 토끼를 따라잡고 최대한 격차를 벌려놓는다면 승산이 있다. 거북이는 이 기회를 놓치지 않고 물고 늘어져 결국 놀라운 승리를 이루어낸다.

이러한 관점에서는 토끼에 대한 기존의 해석도 달라져야 할 것이다. 거북이와의 경주에서 진 토끼는 자기 능력만 믿고 자만한 나머지 노력을 게을리하여 실패하는 인물의 대명사가 되었다. 하지만 토끼가 이 경주에서 낮잠을 자지 않고 계속 달렸다고 해서 무슨 성공을 거둘 수 있었겠는가? 토끼에게 거북이를 제압했다는 것이 어떤 성과나 업적일 수는 없기 때문이다. 토끼는 게으름을 부린 것이 아니라 오히려 뭔가 의미 있는 업적을 이룩하기 위해서 확실히 보장된 승리를 위험에 빠뜨리기로 결심한 것이다. 그런 의미에서 토끼는 자기목적적 싸움의 논리를 충실히 따른 셈이다. 위험한 도전, 실패의 가능성이 열려 있는 도전만이 능력으로서의 주체성을 최대한으로 입증해줄 수 있기 때문이다.

그러나 경주 결과가 말해주듯이 토끼가 감행한 도전은 지나치게 무모한 것이었다. 경주 도중에 알람시계도 없이 언제 깨어날지 모르는 낮잠을 잔다면, 그것은 승리를 우연에 맡기는 것이나 다름없는 일이다. 적절한 시간에 눈이 떠지면 다행이지만 너무 오래 자면 토끼가 아니라 토끼

할아버지라도 패배하고 말 것이다. 토끼는 무모한 목표 설정을 통해 자신의 달리기 능력만으로 통제할 수 없는 상황을 자초한다. 토끼의 도전은 정상적인 경주의 논리를 벗어나 차라리 도박에 가까운 것이 된다.

그렇다면 토끼가 그렇게 무모한 도전을 감행한 까닭은 무엇일까? 토끼는 자기가 무시하는 거북이의 어처구니없는 도전에 자극받은 것인지도 모른다. 거북이 따위가 그렇게 통 큰 모험을 시도하는 마당에, 어찌 토끼 체면에 내 능력으로 감당할 만한 합리적 도전에 만족할 수 있으랴. 아마도 토끼는 그렇게 생각했을 것이다. 마치 도박꾼이 돈을 크게 거는 다른 도박꾼 앞에서 쩨쩨해 보이기 싫어서 더 큰 돈을 걸고 걷잡을 수 없는 위험을 자초하는 것처럼, 토끼도 거북이의 배짱 좋은 도전에 더욱더 큰 배짱으로 응수한 것이다.

요컨대 토끼와 거북의 이야기는 두 개의 도전에 관한 이야기다. 거북이의 무모한 도전(거북이가 토끼를 이기려 하다니!)이 그 반작용으로 토끼의 또 다른 무모한 도전을 부른다(경주 중에 잠을 자고도 승리하려 하다니!). 그들의 경주는 달리기 능력을 시험하는 일반적인 경주의 차원 너머에서 진행되었다. 그것은 결국 도전의 경쟁이었으며(누가 더 대단한 목표에 도전하고 더 큰 위험을 감수하는가), 이 싸움을 주도하고 지배한 것은 거북이였다. 그리하여 승리는 거북이의 차지가 된다.

거북이는 이런 결과를 처음부터 예상한 것일까? 터무니없는 허풍으로 긴장을 촉발하여 토끼를 경주에 끌어들인 다음 그 긴장된 기대를 허무하게 파괴함으로써 토끼로 하여금 경주에 대한 의욕 자체를 잃어버리고 다른 차원에서 새로운 도전을 감행하게 만드는 것, 이 모든 것이 거북이의 미소 뒤에 숨어 있는 작전이었을까?

거북이가 점쟁이가 아닌 이상 처음부터 이 모든 결과를 내다보았다고 하기는 어려울 것이다. 하지만 역시 분명한 사실은 거북이가 단순히 성실함과 부지런함만 가지고 승리한 것은 아니라는 점이다. 거북이는 수수께끼 같은 도발적 발언으로 토끼의 마음을 흔들어놓았고, 이로써 경주가 예상치 않은 방향으로 흘러갈 수 있는 여지를 창출해냈다. 그리하여 경주는 능력의 시험이라는 자기목적적 싸움의 논리를 벗어나서 우연이 지배하는 비합리적 도박의 성격을 띠게 되었다. 그런 의미에서 거북이의 승리는 고도의 심리전을 통해 얻어진 것이라고 할 수 있으리라.

15

병든 사자와 사슴:
욕망과 믿음

병들어 직접 사냥을 할 수 없게 된 사자가 여우에게 꾀를 내보라고 명령했다. 여우는 사슴에게 찾아가 말했다. "사자님께서 돌아가실 때가 다 되었는데, 자네를 후계자로 삼으려고 부르셨네." 그 말을 듣고 우쭐해진 사슴이 여우를 따라 사자 굴로 들어갔다. 굶주린 사자가 성급하게 달려드는 바람에 사슴은 귀 한쪽만 뜯긴 채 가까스로 달아날 수 있었다. 여우가 다시 사슴을 쫓아가 능청스럽게 물었다. "아니, 왜 도망갔나?" 사슴이 씩씩거리며 대꾸했다.

"뭐야, 날 잡아먹으려는 수작이었잖아. 절대 안 따라가." "아냐, 그건 오해야. 사자님께서 앞일을 귀엣말로 조용히 당부하려 하신 것뿐이라고. 어서 돌아가세." 그 말을 믿은 사슴은 다시 여우를 따라갔다가 결국 꼼짝없이 사자 먹이가 되고 말았다.

「우물에 빠진 여우와 염소」 우화와 마찬가지로 이 우화에서도 감언이설로 상대방을 속여 넘기는 역할은 역시 여우에게 맡겨진다. 희생자를 두 번 속이는 것도 동일하다(4장 참고). 그러나 속임수에 대한 희생자의 반응은 약간 다르다. 여우의 모든 말을 곧이곧대로 믿고 따른 염소와 달리, 사슴은 두번째 속임수 앞에서 강하게 저항한다. 첫번째 속임수에 넘어가 사자 굴을 제 발로 찾아간 사슴은 사자의 공격을 받고 간신히 도망쳐 나올 수 있었다. 어떤 바보라도 여우와 사자가 꾸민 계략을 알아차리지 않을 수 없는 상황이 된 것이다. 사슴은 이제 여우의 말이라면 절대로 믿지 않게 되었다. 하지만 여우는 그런 악조건 속에서도 끝내 사슴을 함정에 빠뜨린다. 대체 어떤 수사적 기교가 사슴을 다시 설득한 것일까?

타인의 말을 믿게 되는 원인에는 여러 가지가 있지만, 우리는 특히 자신의 소망 충족과 관련된 말에 혹하는 경우가 많다. 즉 우리가 듣고 싶어 하는 말을 타인이 해줄 때,

그 말은 특별히 신빙성 있는 것으로 느껴지는 것이다. 이를테면 사람들은 스스로 전혀 대통령이 될 수 있다고 믿지 않으면서도 대통령이 되면 좋겠다는 소망을 품을 수 있다. 소망과 현실이 다르다는 이성적 사고를 잃지 않는 한, 소망을 품는 것 자체는 결코 위험한 일이 아니다. 그런데 그런 이성적 인간도 타인에게서 "당신은 충분히 대통령이 될 수 있다"라는 말을 듣는다면, 꿈에서나 그려보던 주관적 소망은 쉽게 확고한 믿음으로 발전한다. 대통령이 된다는 것이 이제는 나만의 생각이 아니라 타인을 통해서도 확인된 어떤 객관적 전망으로 여겨지기 때문이다. 그렇게 해서 일단 믿음이 된 소망은 그 무엇으로도 제어되지 않는 위험한 집착으로 변질된다. 예컨대 셰익스피어의 『맥베스』에서 마녀들이 맥베스에게 왕이 될 운명이라는 예언을 들려주었을 때 그의 마음속에서 바로 이런 변화가 일어났다. 덩컨 왕의 충성스러운 신하였던 맥베스는 마녀의 말을 듣고 마구 자라난 권력욕을 충족시키기 위해 거침없이 주군을 살해한다.

여우가 사슴에게 사자의 후계자로 낙점됐다는 소식을 전했을 때 사슴이 여우의 말을 전혀 의심하지 않은 것 역시 마찬가지로 이해할 수 있을 것이다. 사슴을 찾아온 여우는 동물의 세계에서 약자로 살아온 자가 당연히 마음속 깊이 품을 수밖에 없는 꿈(나도 사자처럼 힘센 자로서 군

림할 수 있다면 얼마나 좋을까?)에 호소한다. 사슴은 자신의 내밀한 소망이 황당무계한 망상이 아님을 타인에게서 객관적으로 확인받았다고 느끼고, 이제 동물의 왕이 되리라 믿어 의심치 않는다. 그리고 왕이 될 거라고 굳게 믿게 된 순간부터 맥베스 못지않게 강력한 권력욕과 의지를 불태우기 시작한다. 예전처럼 실현 가능성과는 무관하게 나도 왕이 된다면 얼마나 좋을까 생각해보는 정도의 욕망과는 비교할 수 없을 만큼 강력한 충동이 이제 사슴의 판단과 행동을 좌우하게 된 것이다. 아마도 사슴은 여우의 말을 들은 직후부터 그런 충동의 노예가 되어 사자에게 후계자로 인정받게 될 순간을 엄청난 조바심과 초조함 속에서 기다렸을 것이다.

그렇다면 사자의 공격을 가까스로 피해 목숨을 건졌을 때 사슴은 어떤 심정이었을까? 물론 무엇보다도 사자굴에서 용케 빠져나왔다는 안도감이 컸을 것이다. 하지만 여우의 말이 불러일으킨 엄청난 권력욕이 그 실현을 눈앞에 두고 한순간에 처참하게 꺾여버린 데 대한 실망 역시 이루 말할 수 없이 컸으리라. 여우의 말이 거짓이었음이 드러난 뒤에도 사슴의 마음속에 한번 새겨진 왕위에 대한 생각은 쉽게 사라질 수 없기 때문이다. 한편으로는 '그러면 그렇지, 내가 왕이라니, 무슨 말도 안 되는……' 하고 혼잣말을 되뇌며 이성을 되찾으려 했겠지만, 마음 다른 한편에서는 왕위를 이어받을 거라고 굳게 믿었던 때의 달콤한 감정을 잊기 어려웠을 것이다. 바로 이런 상태에서 여우가 다시 찾아와서 모든 것이 오해이며 사자가 잡아먹으려 한 것이 아니라 그저 귀엣말로 후계에 관한 중요한 얘기를 하려 했을 뿐이라고 해명한 것이다. 사슴은 사자의 이빨에 귀가 뜯겼다는 것도 잊어버리고, 여우를 여전히 신뢰할 수 있는지도 생각지 않고, 다시 한 번 여우의 말을 믿기로 결단한다. 처음과는 달리 여우의 주장을 도저히 액면 그대로 믿을 수 없게 만드는 뚜렷한 정황이 있음에도 불구하고, 이미 커질 대로 커진 욕망은 그러한 의혹을 상쇄하고도 남는 위력을 발휘한 것이다. 여우의 말도 안 되는 해명은 좌절당한 채 갈 길을 잃은 사슴의 욕망에 현실적 전망을 활짝 열어준다. 그리하여 사슴은 다시 불타오르는 욕망을 안고 사지로 들어간다.

사자가 사슴을 먹어치울 때 여우는 심장을 몰래 빼먹는다. 심장이 어디 갔는지 의아해하는 사자에게 여우는 두 번이나 속아 사자 굴로 찾아온 얼빠진 녀석에게 무슨 심장이 있겠느냐고 대꾸한다. 그러나 사실은 반대다. 사슴은 심장이 있기 때문에 사자 굴로 들어온 것이다. 심장을 강렬한 욕망의 원천으로 파악한다면 말이다.

16

아기 사슴과 엄마:
공포와 용기

하루는 아기 사슴이 엄마에게 물었다. "엄마는 개보다 몸집도 더 크고 빨라요. 또 지구력도 더 좋고 뿔로 방어할 수도 있죠. 그런데 왜 그렇게 사냥개들을 무서워해요?" 엄마가 웃으며 말했다. "애야, 엄마도 그런 건 다 잘 알고 있어. 하지만 개 짖는 소리만 들으면 정신이 혼미해지면서 곧바로 걸음아 날 살려라 하고 도망가게 된단다."

아기 사슴에게는 엄마가 수수께끼다. 왜 엄마는 능력

으로 볼 때 충분히 싸워 이길 수도 있을 것 같은 상대를 그토록 무서워하는 것일까? 이 수수께끼에 대해 엄마 사슴이 준 해답은 다소 맥 빠지는 것이다. 그저 무섭기 때문에 무서워한다는 것이다. 개에 대한 공포는 어떤 다른 이유로도 설명할 수 없다.

주석자들은 이 우화에 다음과 같은 교훈을 덧붙인다. "본성이 비겁한 자는 아무리 격려해줘도 자신감을 얻지 못한다." 혹은 "겁쟁이에게는 어떤 논리도 소용이 없다." 과연 이 우화는 터무니없는 겁쟁이를 조롱하는 이야기일까? 사슴의 마지막 말은 겁쟁이의 부끄러운 자기 고백인가? 용기가 능력과 성공에 대한 자신감이라면, 겁 혹은 두려움은 자기 자신의 능력 부족과 실패 가능성에 대한 의식이라고 정의할 수 있을 것이다. 그렇다면 겁쟁이란? 객관적으로 볼 때 실패에 대한 예감을 가질 이유가 없는 상황에서도 그러한 예감에 빠져 있는 사람이 겁쟁이다. 겁쟁이는 지나칠 정도로 자신의 능력을 믿지 못하고, 미래에 대한 비관적 전망에서 헤어나지 못한다. 만일 사슴이 겁쟁이였다면 아기 사슴의 물음에 고개를 절레절레 흔들며, "개가 얼마나 사납고 힘도 세고 이빨도 날카로운데, 내가 어찌 개를 당해낼 수 있겠니?" 하고 대답했을 것이다. 하지만 사슴은 스스로의 우월성을 모르지 않는다. 사슴의 공포는 자신이 개에게 틀림없이 질 것이라는 의식적 판단에서 유래한 것이 아니다. 그것은 그야말로 이유 없는 공포, 의식 이전의 영역에서 본능적이고 자연 발생적으로 솟아나는 공포다. 엄마 사슴은 개에 대한 공포가 어떤 의식의 변화를 통해 사라질 수 있는 것이 아님을 잘 알고 있는 까닭에, 더 이상 설명할 수 없는 자기 자신의 본성을 그대로 받아들인다. 여기서 오히려 겁먹은 자의 태도라고 보기 어려운 어떤 초연함이 나온다. 엄마 사슴의 대답에 동반된 웃음은 그러한 초연함의 표현이다.

그런데 사슴의 공포는 정말로 이유 없는 공포일까? 물론 사슴의 대답은 덩치도 크고 뿔도 달린 사슴이 왜 개에 대해 그토록 강력한 공포를 느끼는지를 해명해주지는 못한다. 하지만 그 대답 속에서 적어도 개에 대한 공포가 어떤 기능을 하는지는 분명히 드러난다. 그것은 격렬한 도주 반응을 촉발한다. 이로써 사슴은 개와 충돌하지 않고 자기 목숨을 보전한다. 사슴은 어쩌면 달려드는 개에게 뿔로 맞서 싸워 목숨을 지킬 수도 있을 것이다. 그리고 그것이 훨씬 더 멋있어 보일지도 모른다. 하지만 빠른 다리를 이용해 전력 질주하는 것이 더 안전한 자기 보호 방법임이 분명하고, 사슴은 실제로 지금까지 그렇게 해서 잘 살아남은 것이다. 목숨의 보전이라는 관점에서 빠른 다리를 이용하는 것이 뿔을 이용하는 것보다 더 효율적이라면, 개 짖는 소리에 대한 사슴의 즉각적인 공포 반응은 빠른 출발을 가능하게 하는 동시에 도주의 동기를 극대화하는 자기 보호 장치인 셈이다. 이런 관점에서 본다면 개에 대한 공포는 이유 없는 공포가 아니라, 생존을 위해 매우 중요한 의미를 지니는 공포라고 할 수 있을 것이다. 우화에 대한 이러한 해석은 공포에 대한 진화심리학적 관점과도 연결된다. 진화심리학에 따르면 뱀에 대한 공포와 같이 본능적인 공포는 생명에 위협이 될 수도 있는 대상 앞에서 즉각적이고 충동적인 회피 반응을 일으킴으로써 생존 가능성을 높이기 때문에 진화 과정에서 인간의 기본적 성향으로 남을 수 있었다는 것이다.

아기 사슴에게 엄마의 반응은 개에 대한 패배로 보인다. 그것은 아기 사슴이 엄마 사슴과 사냥개의 대결을 서로의 자존심을 건 자기목적적 싸움으로 해석하기 때문이다. 그래서 엄마가 사냥개보다 강하다는 것을 증명하기 위해 개와 맞설 것을 기대하는 것이다. 하지만 엄마 사슴의 목적은 개와 힘을 겨루는 것이 아니라 살아남는 것이고, 그런 한에서 도주는 결코 패배가 아니다. 그것을 패배로 보거나 부끄럽게 생각하는 아기 사슴의 관점은 정말 근본적으로 중요한 문제에 대해 생각하지 못하는 미성숙한 자의 관점이다. 따라서 아기 사슴의 물음에 대답하는 엄마 사슴의 미소는 아기의 미숙한 호기심을 향해 보내는 미소라고 할 수도 있을 것이다.

추기

아리스토텔레스는 『시학』에서 잘못된 작시作詩의 사례로 '뿔 달린 암사슴'과 같은 오류에 대해 언급하고 있다. 혹시 아리스토텔레스는 이 우화를 염두에 두고 있었던 것일까? 샹브리Emile Chambry가 편집한 『이솝 우화』 제1판에는 이 우화와 나란히 '뿔 달린 암사슴'이라는 오류를 피한 또 다른 버전이 수록되어 있다. 이 버전에서는 아기 사슴이 아빠에게 질문을 던지고, 아빠 사슴이 대답을 한다. 샹브리는 수정판을 내면서 제1판에 실린 우화들 중 일부를 추려내는데, 이 우화의 경우에는 엄마 버전을 버리고 아빠 버전을 취했다. 아마도 암사슴에게 뿔이 나지 않는다는 사실을 고려했기 때문일 것이다. 하지만 영어권에서는 엄마 버전이 관철되었다. 원제는 '아기 사슴과 사슴'이지만, 이 우화의 영어 제목은 대부분 '아기 사슴과 엄마'로 정착된 것이다.

물론 아빠 버전이 명백한 사실적 모순을 해결한다고 할 수는 있지만, 이 해결 역시 문제가 없는 것은 아니다. 사슴은 암컷 혼자 새끼를 기르기 때문에 아기 사슴은 아빠를 알지 못한다. 따라서 아기 사슴이 아빠와 대화를 나눈다는 것도 생각하기 어렵다. 대화 상황은 엄마 버전이 더 현실적이고, 뿔을 생각하면 아빠 버전이 더 현실적이다. 스퀼라를 피하자니 카륍디스가 덤벼들고, 카륍디스를 피하자니 스퀼라가 덤벼드는 오뒷세우스적 난관이다. 하지만 무엇을 택한들 어떠랴. 이미 사슴이 새끼와 저런 대화를 나눈다는 것 자체가 현실과는 동떨어진 설정이니까 말이다. 아리스토텔레스라면 이 문제에 대해 뭐라고 말했을까? 동물이 말을 하는 것도 작시법의 오류라고 말했을까? 만일 그것이 허용된다면 왜 '뿔 달린 암사슴'은 허용될 수 없는 것일까?

17

파리들:
쾌락과 생존

꿀단지가 엎어지자 파리들이 날아들어 정신없이 달콤한 꿀을 빨아댔다. 하지만 꿀을 다 먹은 파리들은 다리가 바닥에 붙어 날아갈 수 없게 된 것을 깨닫고, 이렇게 한탄했다. "아, 어리석어라. 조그만 쾌락을 누리려고 목숨을 버리다니."

달콤한 것은 왜 그렇게 좋을까? 대체 쾌락이란 무엇일까? 쾌락은 생의 필요성과 굳게 연결되어 있다. 당은 생명활동을 위한 에너지를 공급하는 가장 기초적이고 필수적인 요소다. 그래서 단것은 그렇게 맛있는 것이다. 번식에 성공하지 못하면 종은 소멸한다. 그래서 성적 쾌감은 그토록 강력한 것이다. 개체는 즉각적인 쾌감에 이끌려 충동적으로 행동하는 것 같지만, 그러한 행동은 장기적으로 생명의 유지, 혹은 종족의 유지에 기여한다. 생명은 충동적 행동이 곧 최상의 합목적적 행동이 되는 방향으로 진화해왔다. 자연계에서는 언제나 좋은 것이 좋은 것이며, 단것 뒤에 또 단것이 온다. 고진감래가 아니라 감진감래다. 이것을 자연의 이중보상 시스템이라고 이름 붙일 수 있을 것이다. 우리는 당을 섭취하면 생명 활동을 위한 에너지를 얻는다. 그런데 당의 섭취는 즉각적인 쾌감도 가져다준다. 에너지가 장기적 보상이라면 미각적 쾌감은 단기적 보상이다. 단기적 보상은 늘 장기적 보상과 함께 간다.

다만 문제는 너무나 강력한 쾌락에의 충동이 생명의 위험조차 알아차리지 못하게 할 가능성이 있다는 점이다. 생명의 위험이 생태계 도처에 잠복하고 있다는 것을 생각하면, 쾌락에의 탐닉은 생명을 위해 생명을 거는 역설적 모험이라고 할 수 있을 것이다. 우화 속의 파리들도 쾌락 때문에 죽음의 함정에 달려들었지만, 죽음을 감수하게 만든 꿀의 달콤한 맛은 파리가 한탄하듯 하찮은 쾌락이 아니라, 생명을 위한 쾌락이었다. 따라서 죽어가는 파리의 마지막 한탄은 쾌락을 사소하게 보는 인간적 관점의 반영일 뿐이다.

그렇다면 인간은 왜 쾌락을 경시하는 것일까? 인간은 이성이 너무나 발달한 나머지 쾌락을 향한 충동이 생존을 유지하는 데 중요한 기능을 한다는 사실을 거의 의식하지 못하게 되었다. 이성 원리의 핵심은 단기적 보상의 매개를 통하지 않고 앎에 의해서 장기적 보상을 획득하는 데 있다. 어떻게 하면 장기적 보상을 얻을 수 있는지를 알고 그 앎에 따라 행동함으로써 장기적 보상을 얻어내는 것이 이성의 기본 방식이다. 즉 단기적 보상(쾌락)이 수행하는 동기화 기능을 장기적 보상에 대한 의식적 전망이 대행하는 것이다. 따라서 장기적 보상을 향한 이성적 노력은 단기적 보상 없이 이루어질 수 있으며, 심지어 단기적 고통을 대가로 요구하기도 한다. "고진감래" "좋은 약은 입에 쓰나 몸에 좋다" 등의 격언은 이러한 사정을 표현하고 있다.

단기적 보상 없는 장기적 보상의 짝을 이루는 것은 장기적 보상 없는 단기적 보상이다. 쾌락이 생존에 필요한 행동을 촉발하는 동기화 장치로서의 의미를 상실한 뒤에도 인간은 여전히 쾌락에 이끌려 행동한다. 곳간에 평생 먹을 양식을 쌓아둔 사람도 달콤함의 유혹을 거부하지 못한다. 인간은 생존하기 위해서 꿀을 먹는 게 아니라 달콤함 자체를 즐기기 위해 꿀을 먹는 것이다. 성적 쾌락에 대한 인간의 집착은 종족의 번식과는 무관한 무수한 성적 행동의 개발로 귀결되었고, 현대적 피임법을 통해 성적 쾌락은 완전한 자립 상태에 이르렀다.

단기적 보상과 장기적 보상의 분열은 현재와 미래의 반목을 초래한다. 당장의 쾌락을 택할 것인가? 현재의 금욕을 감수하면서 미래를 위해 살 것인가? 사람들은 현재와 미래 사이에서, 무상한 감각적 쾌락과 지속적인 생존 사이에서 갈등한다. 미래와 생존이 더욱 근본적인 가치라면, 쾌락에의 탐닉은 극히 수상쩍고 위험스러운 것으로 여겨질 수밖에 없다. 하찮은 쾌락과 생명을 바꾸었다는 파리의 한탄은 바로 이러한 인간적 관점을 대변한다.

추기

내용상 비슷하지만 정반대 입장을 제시하는 우화도 있다. 고깃국에 빠져 죽은 파리의 이야기다. 죽으면서 파리는 이렇게 말한다. "나는 먹고 마시고 목욕까지 했으니 죽어도 여한이 없구나." 이 파리는 쾌락주의자 파리다. 그에 따르면 생존의 가치는 쾌락을 누리는 데 있다. 그러니 쾌락을 누릴 만큼 누렸다면 굳이 삶을 더 지속시키려 아등바등할 필요가 있겠는가. 다가오는 죽음 앞에서 쾌락을 저주하는 파리와 이어질 삶보다 지금 이 순간의 쾌락을 중시하는 파리는 단기적 보상과 장기적 보상의 분열이 낳은 인생관의 두 극단을 대표한다. 두 파리는 철저하게 인간화된

파리다. 실제 파리라면 꿀에 붙어버렸든 고깃국 속에서 익사하든 그저 이렇게 말했을 것이다. 삶이란 얼마나 위험한가!

18

목마른 새 이야기: 욕망과 이성

이솝 우화에는 갈증에 허덕이는 새에 관한 이야기가 두 개 있다. 두 이야기를 비교해보면 우리는 욕망이 이성에 대해 양면적인 작용을 한다는 점을 알 수 있다.

하나는 비둘기 이야기다. 몹시 목이 마른 비둘기가 물동이 그림을 보고 진짜 물동이로 착각하여 날아들었다. 비둘기는 그림에 심하게 부딪혀 날개가 부러지고 사람에게 붙잡히는 신세가 된다. 비둘기는 너무나 목이 말랐기 때문에 물동이와 물동이 그림을 분별할 수 있는 인지적 능력, 즉 이성을 제대로 발휘하지 못했다. 강렬한 욕망은 이성을 잠재우고 올바른 인식을 방해한다. "눈먼 욕망" 또는 "욕망은 장님"과 같은 표현이 암시하는 것처럼, 사람들은 욕망을 흔히 이성의 대립항으로 간주하는데, 목마른 비둘기 이야기는 바로 이러한 관념을 확인시켜준다.

하지만 또 다른 목마른 새에 관한 이야기는 이와 대조적인 교훈을 담고 있다. 목말라 거의 죽을 지경이 된 까마귀가 멀리서 물병을 발견하고 기쁜 마음으로 날아왔다. 그런데 물병 속에 물이 너무 조금 들어 있어서 부리가 닿지 않았다. 까마귀는 물병을 깨뜨려보려 했으나 단단해서 깨지지 않았고, 뒤집어보려 했으나 무거워서 뒤집히지 않았다. 궁리 끝에 까마귀는 주위에 흩어져 있는 조약돌들을 물병 속에 던져 넣었다. 그 덕택에 물이 위로 올라왔고, 까마귀는 어렵지 않게 갈증을 해소할 수 있었다. 물을 먹고 싶은 간절한 욕망이 훌륭한 아이디어를 떠오르게 만든 것이다. 심한 갈증이 아니었다면 까마귀는 바닥에 있는 물을 마실 수 있는 요령을 터득하지 못했을 것이다. 이 경우 욕망은 이성의 방해자가 아니라, 오히려 이성을 평소보다 더욱 활발하게 일하게 만드는 좋은 자극제가 된다. "필요는 발명의 어머니"라는 속담은 욕망의 이러한 측면을 표현하고 있다.

그렇다면 "욕망은 장님"이라는 말과 "필요는 발명의 어머니"라는 속담은 상반되는 명제일까? 욕망은 어떤 경우에 이성을 무력하게 하고, 어떤 경우에 이성을 촉진하는 것일까?

욕망이 이성의 작용을 방해한다는 것은 모순적이다. 욕망은 실제로 충족되고자 하는데, 이를 가능케 하는 것은 환상이 아니라 오직 정확한 인식뿐이기 때문이다. 까마귀 이야기에서처럼 욕망은 이성과 조화를 이루며 협력할 때 소기의 목적을 달성할 수 있다. 그런데도 욕망은 흔히 이성과 갈등 관계에 빠지고, 터무니없는 환상을 낳고, 비둘기의 경우에서 보듯이 주체를 자기 파멸의 길로 몰아가기까지 한다. 비둘기는 결국 갈증을 해소하지 못했을 뿐만 아니라 자기 신세까지 완전히 망쳐버린다. 욕망은 왜 욕망의 충족에 전혀 도움이 되지 않는 환상을 지어내는 것일까?

이상의 논의는 욕망과 이성의 관계가 단순히 과업을 제시하는 자(물을 마셔야 한다)와 그 과업의 실현을 위해 방법을 찾아내는 자(조약돌을 물병 속에 넣는다) 사이의 조화로운 관계로 규정될 수 없다는 것을 말해준다. 물론 욕망은 목표를 설정하고, 이성은 그 목표 설정을 위해 합목적적 방안들을 동원하는 역할을 한다. 하지만 양자 사이에는 근본적 긴장이 있으며, 이 긴장 자체는 결코 이성적이거나 합리적인 방식으로 해소될 수 있는 것이 아니다. 이런 면에서 욕망과 이성의 관계는 젖을 달라고 보채는 아기와 아기를 달래야 하는 엄마의 관계와 유사한 데가 있다.

아기가 보챌 때 곧 젖을 물려줄 수 있다면 아무런 문제도 없을 것이다. 그런데 젖은 나오지 않고, 우유도 당장 없고, 아기는 견딜 수 없이 듣기 싫은 소리로 점점 더 크게 운다. 아기는 먹을 것을 얻기 위해 엄마를 참을 수 없게 만들며, 엄마는 아기가 우는 것을 참을 수 없기 때문에 그만큼 더 빨리 먹을 것을 마련하려고 노력하게 된다. 그런데 아기의 울음이 주는 스트레스가 오히려 엄마의 노력을 방해하여 끓는 물을 쏟는다든가 하는 심각한 실수를 유발할 수도 있다. 아기는 엄마의 심리 상태나 현실적 상황을 봐가며 울지 않는다. 아기는 무조건 운다. 그것이 배고픈 아기의 유일한 전략이다. 엄마는 아기에게 "그래, 배고프다는 네 뜻을 잘 알았다. 네가 운 소기의 목적은 충분히 달성됐어. 이제 우유를 곧 타줄게. 그러니 조용히 기다려줄 수 있겠니? 이제 계속 우는 것은 아무 의미가 없고 그저 엄마가 우유 타는 데 방해만 된단다" 하고 설득할 수 없다.

욕망도 마찬가지다. 욕망은 배고픈 아기처럼 보채고 졸라댄다. 이성이 욕망을 달래기 위해 할 수 있는 유일한 일은 욕망이 요구하는 바를 실제로 충족시키는 것뿐이다. 그런데 까마귀 이야기에서 보듯이 이성이 욕망을 충족시킬 수 있는 해결책을 찾는 데는 때로 상당한 시간이 필요한데도 그런 걸 몰라주는 욕망은 끊임없이 칭얼대며 이성을 괴롭힌다.

이성은 욕망에게 해결책을 찾는 중이니 조금만 조용히 참고 기다리라고 말할 수 없다. 아기는 엄마가 우유를 타고 있는 동안에도 계속 우는 것이다. 이런 의미에서 욕망은 '눈먼 욕망'이다. 엄마가 아기에게 상황을 설명할 수 없듯이 이성은 욕망과 의사소통하지 못한다. 이성은 뒤에서 계속 보채는 욕망의 압력과 해결책을 찾는 데 따르는 현실적 어려움 사이에서 곤경에 빠진다. 까마귀처럼 이성이 이 딜레마를 잘 극복하여 훌륭한 해결책을 찾아낼 수도 있다. 이때 욕망의 압력은 이성에게 생산적인 작용을 한 셈이다. 하지만 그 압력이 너무 커서 이를 견뎌내지 못하면 이성은 가짜 해결책을 급조한다. 그것이 비둘기의 환상이다. 이런 경우에 욕망은 이성의 방해자로 나타난다.

19

고기를 물고 다리를 건너는 개: 욕망의 회의주의

고깃덩이를 물고 다리를 건너던 개가 강물에 비친 자기 모습을 보게 되었다. 개는 다른 개가 더 큰 고깃덩이를 물고 있다고 믿고서 그 개에게서 고기를 빼앗으려 덤벼들었다. 개는 자기 자신을 자신의 적대자, 경쟁자라고 착각한 것이다. 착각의 대가는 컸다. 개는 고기를 얻기는커녕 자기가 물고 있던 고기까지 강물에 빠뜨리고 말았다.

이 우화에서 문제의 발단은 개가 강물에 비친 자기 모

습을 알아보지 못했다는 데 있다. 실제로 개를 비롯한 대부분의 동물은 자신의 거울상을 알아보지 못하고 타자로 인식한다. 얼마나 어리석은가. 하지만 그것은 비단 어리석은 동물만의 문제가 아니다. 나르키소스의 신화에서는 동일한 착각이 더욱 심각한 결과를 낳는다. 나르키소스도 개와 마찬가지로 물속에 비친 자기 자신을 타자로 착각한다. 하지만 그는 타자로 나타난 자아를 적대시하는 것이 아니라 그에게서 형언할 수 없는 사랑의 감정을 느낀다. 자신에 대한 사랑의 결과는 치명적이다. 나르키소스는 사랑스러운 자신의 이미지를 껴안으려고 물속에 들어갔다가 빠져 죽고 만다. 신화의 또 다른 버전에 따르면 나르키소스는 물속의 애인이 자신의 그림자에 지나지 않음을 깨닫고 절망한 나머지 자살했다고도 한다. 거울상에 대한 인식은 죽음과 교환된다.

거울상에서 자기를 알아본다는 것의 의미는 대체 무엇일까? 왜 그러한 인식은 커다란 대가(개의 우화에서는 고깃덩이, 나르키소스 신화에서는 스스로의 목숨)를 요구하는 것일까?

거울을 본다는 것은 매우 특별한 경험이다. 눈은 직접 자기를 볼 수 없고, 오직 타자만을 보도록 설계되어 있다. 이는 역으로 말하면 눈에 비치는 모든 것이 일차적으로는 타자로 인식됨을 의미한다. 거울상이 바로 자기 자신의 모습이라는 인식은 이차적 반성에 의해 생겨난다. 예컨대 아기는 거울 앞에서 우선 다른 아기를 본다. 그러다가 그 아기를 만져보려고 시도하기도 하고 몸을 활발히 움직이며 자신의 움직임과 거울 속의 이미지를 비교하기도 한다. 아기는 결국 거울 속에 있는 아기가 자신의 움직임을 동시에 따라 하기만 하는 것을 거듭 확인하고 나서야 비로소 그것이 독립적으로 실존하는 타자가 아니라 자신을 반영하는 일종의 그림자 같은 존재임을 깨닫게 된다. 이미 거울을 많이 보아온 성인도 아기 때 거울 앞에 섰던 원초적 경험에서 완전히 벗어나지는 못한다. 그들 역시 여전히 거울상에 대해 감각적, 본능적으로는 타자라고 느낀다. 다만 이성적으로 그것이 자신의 이미지임을 알 뿐이다. 때로 사람들이 자신의 거울상에서 낯섦, 심지어 모종의 위협과 공포를 느끼기도 하는 것은 이러한 원초적 감정의 잔여 때문일 것이다.

거울 앞에 처음 선 아기가 마침내 자기 자신의 이미지를 알아보는 데 성공한 순간 어떤 일이 일어날까? 아기는 내가 보이는 곳(거울 속)과 내가 있는 곳(거울 밖)이 일치하지 않음을 명백하게 인식한다. 이로써 완벽한 현실로 보이던 거울 세계가 가상의 세계임이 드러나고, 존재와 가상의 조화로운 일치 상태는 돌이킬 수 없이 파괴된다. 즉 지금까지 '존재와 부재의 대립'(엄마가 있다/없다)만을 알던 아기에게 '존재와 가상의 대립'(있다/보인다)에 대한 의식이 생겨나는 것이다. 이처럼 최초의 거울 경험은 보이는 것과 실재하는 것 사이의 분열, 눈에 대한 최초의 불신, 최초의 인식론적 회의주의를 촉발한다. 그것은 또한 좌절과 체념의 경험이기도 하다. 왜냐하면 거울 세계가 가상으로 드러나는 순간, 그리로 향하던 욕망도 절대로 열리지 않을 거울 벽에 부딪혀 좌초하기 때문이다. 아기는 마주 보고 있는 아기를 만지고 싶어 하지만 차가운 유리밖에는 만지지 못한다. 마찬가지로, 물고 있던 고기를 강물에 빠뜨린 개는 낯선 개에게서 고기를 빼앗을 수 없음을 알게 되고, 나르키소스는 사랑에 빠진 소년이 자기 자신임을 깨닫고 그와 하나가 될 수 없음에 절망한다.

거울상 앞에서의 좌절은 욕망의 대상을 상실하거나 얻지 못하는 데서 오는 좌절과 근본적으로 구별된다. 여기서는 획득하거나 상실할 수 있는 욕망의 대상이 아예 존재하지 않기 때문이다. 거울상에 대한 욕망은 부재하는 것에 대한 욕망, 아무런 근거가 없는 욕망, 애초에 생겨나지 않았어야 할 욕망이다. 좌절의 원인은 오직 주체가 욕망을 품은 데 있다. 따라서 좌절에 대한 책임을 사라져버린 대상에게 물을 수도 없고, 대상을 빼앗아간 타자에게 물을 수도 없다. 오직 가상을 만들어내고 욕망을 만들어낸 자기 자신에게 궁극적인 책임을 돌릴 수 있을 뿐이다. 갈 길 잃은 욕망을 품은 채 좌절한 주체는 출구를 찾지 못한다. 나르키소스의 자살은 이러한 상황의 극단적 귀결이다. 그런 의미에서 개의 우화나 나르키소스의 신화 모두 대상이 없는 욕망, 헛된 욕망에 대한 경고의 메시지를 담고 있다고 할 수 있을 것이다. 이들 이야기의 바탕에 깔려 있는 최초의 거울상 체험은 인식론적 회의주의의 시작일 뿐만 아니라, 욕망의 회의주의의 시작이기도 하다.

추기

잘 알려진 것처럼 르네 지라르René Girard는 근대 소설을 관통하는 주제로 헛된 욕망, 즉 허영을 지목했다. 지라르가 말하는 허영은 대상에 대하여 주체가 자발적으로 품게 되는 직접적 욕망이 아니라, 타자의 욕망을 모방하는 욕망, 타자의 욕망에 의해 촉발되고 매개된 욕망이다. 이러한 모방적 욕망은 주체와 대상의 이항 구조 대신, 주체와 대상, 그리고 타자(지라르는 이를 중개자라고 부른다)를 꼭짓점으로 하는 삼각형으로 표현된다. 주체와 대상의 관계는 중개자에 의해 간접화되며, 욕망 발생의 메커니즘 속에서 중개자의 역할이 커질수록 대상은 점점 중요성을 상실하고 순전한 구실에 지나지 않는 것으로 전락한다. 즉 대상이 무엇이냐는 중요하지 않다. 무엇이든 중개자가 욕망하면 주체도 그것을 욕망한다. 이 논리가 극단화되면 욕망의 삼각형은 다시 이항 구조로 바뀐다. 대상이 사라지고 주체와 중개자만이 남기 때문이다.

개의 우화 역시 욕망의 삼각형으로 이해할 수 있다. 개가 주체, 고깃덩이가 욕망의 대상이라면, 물속에 비친 낯선 개는 중개자의 자리에 온다. 개에게 자기가 물고 있는 고깃덩이보다 물속의 고깃덩이가 더 탐나 보인 것은 바로 중개자 때문이다. 그런데 욕망의 대상(고깃덩이)만이 아니라 중개자 또한 가상의 존재였다. 중개자는 타자가 아닌 개 자신의 그림자였을 뿐이기 때문이다. 지라르는 중개자의 존재가 대상을 지워버리고 욕망을 헛된 것으로 만든다고 말했지만 개의 우화에서는 대상을 지운 중개자마저 지워진다. 욕망의 허망함을 이보다 더 극명하게 표현한 이야기도 흔치 않을 것이다.

20

돌을 낚은 어부들:
기쁨과 즐거움

그물이 무거워지자 어부들은 몹시 기뻐하며 힘차게 그물을 끌어올렸다. 그런데 그물에는 고기는 몇 마리 없고 돌덩어리만 가득했다. 어부들은 평소 고기가 많이 잡히지 않았을 때보다 훨씬 더 실망했고 침울한 기분에 빠져버렸다. 그들 중 한 사람이 말했다. "여러분, 기쁨과 슬픔은 늘 함께 가는 듯합니다. 우리는 충분히 기뻐했으니 그만큼 슬픔도 받아들일 수밖에 없는 것 같군요."

기쁨이란 무엇인가? 욕망 충족(욕망의 대상 또는 가치 대상과의 결합)에 대한 인식 내지 예견이 가져오는 긍정적 감정 상태라고 말할 수 있을 것이다. 이런 의미에서 기쁨은 욕망의 충족 자체가 가져오는 즐거움과 구별되어야 한다. 우리는 먹고 싶은 맛있는 음식을 눈앞에 두었을 때 기뻐한다. 이때의 기쁨은 맛있는 음식을 먹을 때의 즐거움과는 다르다. 기쁨은 즐거움에서 파생되는 이차적 행복감이다. 즐거움에 대한 기다림, 즐거움에 대한 의식이 기쁨을 낳는다.

이처럼 기쁨은 즐거움과 구별되어야 하지만 사람들은 양자를 쉽게 혼동한다. 왜 그럴까? 그것은 무엇보다도 기쁠 때의 행복감이 즐거움에서 오는 행복감과 크게 다르지 않기 때문이다. 지금까지 살펴본 것처럼 인간은 욕망이 아직 직접적으로 충족되지 않은 상황에서도 그것에 대한 기대만으로, 즉 앞으로 행복해질 거라는 기대만으로 기쁨을 느낄 수 있다. 그런데 바로 그러한 기쁨 자체가 이미 행복의 감정인 것이다. 행복에 대한 예상이 기쁨을 낳는다면, 역으로 기쁨은 행복의 원천이 된다. 즐거워서 기쁘고 기뻐서 즐겁다.

기쁨과 즐거움은 욕망의 충족, 욕망의 대상 자체가 상징적인 성격을 지닐 때 더욱 구별하기 어려워진다. 돈이 바로 그러한 경우다. 돈이 생기면 기쁘다. 돈은 상징적 기호로서 그 자체가 즐거움을 주는 것이 아니라 돈을 수단으로 누릴 수 있는 즐거움에 대한 기대가 우리를 기쁘게 하는 것이다. 하지만 돈을 가지는 것 자체를 최종적 목적으로 여기는 전설적 구두쇠들(예컨대 발자크의 소설 『외제니 그랑데』의 그랑데 노인)에게 돈은 기쁨의 원천일 뿐만 아니라 궁극적 행복, 궁극적 즐거움의 원천이 된다. 그래서 이솝 우화의 「구두쇠」 이야기에서는 황금을 땅에 묻어놓고 늘 행복해하던 구두쇠가 황금이 도난당한 것을 알고 슬퍼하자 이웃사람이 이렇게 충고한다. "그냥 돌덩어리를 묻어두고 황금이 거기 있다고 생각하세요. 그러면 다시 행복해질 겁니다." 왜냐하면 황금이라는 욕망의 대상과의 결합은 상징적인 것이어서, 오직 결합에 대한 의식과 믿음에 의해서 지탱될 뿐이기 때문이다. 이런 경우에 기쁨과 즐거움은 하나가 된다. 상상 속의 욕망 충족이 주는 기쁨과 진짜 욕망 충족이 주는 즐거움은 서로 구별되지 않는다. 돌을 황금으로 믿는다면 돌의 소유는 황금의 소유와 동일한 효과를 낼 수 있다.

어부들은 돌덩어리를 고기로 알고 기쁨에 젖어 있었다. 그 기쁨은 구두쇠의 경우와는 달리 좋은 어획량이 가져다줄 미래의 즐거움에 대한 기대에서 파생된 것이었다. 그 기쁨은 나중에 가서 전혀 근거가 없는 허망한 감정이었음이 밝혀진다. 따라서 허탈해하는 어부들을 보고 이 돌덩

어리들을 물고기로 생각하라고 말할 수는 없을 것이다. 하지만 무거운 그물을 당길 때 어부들이 진심으로 기뻐했고 진정으로 행복해했다는 것만큼은 부인할 수 없는 사실이다. 어부들은 무거운 그물의 진실을 깨닫고 슬픔에 잠겼지만, 그중 한 사람은 자신들이 조금 전까지만 해도 진정으로 행복했었다는 것을 상기한다. 기대는 거짓이지만 기대가 낳은 기쁨은 진짜였다. 그는 환상에 기초한 진짜 기쁨이 진실을 깨달은 뒤에 찾아온 깊은 슬픔과 긴밀하게 관계되어 있다는 것을 통찰한다. 그래서 그는 다른 어부들에게 기쁨과 슬픔이 함께 가게 마련이며 기뻤던 만큼 슬픔도 받아들여야 한다고 충고한다. 이 말을 어떻게 이해해야 할까?

궁극적 행복에 대한 기대가 불러일으키는 파생적 행복으로서의 기쁨이란 원금이 낳는 이자와 비슷한 것이다. 즐거움이라는 원금을 아직 쓰지 않았기에 발생하는 이자가 기쁨인 것이다. 그런데 그 원금이 애초에 존재하지 않았다면? 그동안 받은 이자는 고스란히 부채가 되고, 이 부채는 그만큼의 부정적 감정으로 갚지 않으면 안 된다. 바로 이러한 감정경제학적 통찰이 기쁨과 슬픔의 상호 연관성을 지적하는 어부의 종사에 담겨 있다.

21

여우와 사자:
두려움과 오만

여우가 사자를 처음 보았을 때 너무 무서워서 거의 숨이 넘어갈 뻔했다. 두번째 만났을 때는 상당히 놀라긴 했지만 처음만큼 무섭지는 않았다. 세번째 만남에서 여우는 더욱 대담해져서 사자에게 다가가 친근한 대화를 나누기 시작했다.

이 우화를 흥미롭게 만드는 핵심은 처음과 끝의 극단적 대조다. 사자를 처음 만났을 때 죽어버릴 것처럼 벌벌 떨던 여우가 끝에 가서는 사자와 스스럼없이 대화를 나눌 수 있을 만큼 대담해진다. 겨우 세 번의 만남이 어떻게 이런 극적인 변화를 가져올 수 있었을까?

이 물음에 대답하기 위해서는 우선 두려움이라는 감정을 분석해보아야 한다. 두려움은 미래에 어떤 부정적인 사태가 벌어질 것이라는 예상에 의해 촉발되는 감정이다. 두려움의 크기는 한편으로 우리가 예상하고 있는 부정적 사태의 정도에 달려 있다. 간단히 말해서 예상되는 손실 혹은 고통의 크기가 두려움의 크기를 결정하는 것이다.

두려움의 감정을 좌우하는 또 하나의 변수는 우리의 예측 속에 있는 불확실성이다. 사람들은 어떤 부정적 사태가 닥칠 수 있다고 예상은 하지만 그것이 언제 어떻게 닥칠지 불확실하다고 느끼는 경우에 더 큰 두려움을 갖게 된다. 또한 닥쳐올 사태가 막연히 부정적인 것이라고 생각할 뿐 그 부정성의 정도를 가늠할 수 없을 때도 두려움은 증폭된다. 태어나서 처음으로 예방주사를 맞으려고 기다리는 아이가 느끼는 두려움이 그런 것이다. 아이는 주사가 얼마나 아픈지 모르기 때문에 상상 속에서 주사로 인한 고통을 엄청나게 부풀리게 된다. 이와 함께 주사에 대한 공포도 한없이 자라난다. 인간이 죽음을 몹시 두려워하는 것도 그런 이유에서다. 생에 대한 의욕을 지닌 인간에게 죽음이 부정적 사태라는 것은 두말할 나위도 없다. 하지만 이러한 판단은 죽음 자체에 대한 앎에서 도출된 것이 아니다. 살아 있는 자에게 죽음은 결코 체험할 수 없는 불가지의 대상일 수밖에 없다. 죽음이 정말 어떤 것인지 절대 알 수 없다는 사실이 죽음에 대한 두려움을 극대화한다.

사자를 처음 만났을 때 여우가 느낀 극심한 공포 역시 그러한 죽음에 대한 공포에 비견할 만한 것이다. 여우는 그전까지 사자가 무섭다는 추상적 인식은 가지고 있었지만, 사자가 실제로 어떤 존재인지 전혀 알지 못했다. 여우는 사자에 관해 아무것도 예측할 수 없었다. 사자에 대한 막연한 두려움과 무지가 결합하여 사자는 순수한 공포, 공포의 화신이 된다. 그래서 여우의 눈앞에 나타난 사자는 갑작스럽게 목전에 닥친 죽음의 사신처럼 느껴진 것이다.

불확실성에 의해 거의 무한히 증폭된 두려움은 일단 여우가 직접 사자를 만나고 난 뒤에 급격히 줄어든다. 사자와의 만남에서 별일이 일어나지 않자 불확실성의 감정이 사라지고 두려움의 거품도 그만큼 빠르게 꺼져버린다. 불과 세 번의 만남 끝에 여우는 사자와 스스럼없는 대화를 나눌 정도로 대담해진다. 이제 여우에게 사자는 불확실성이 전혀 없는 존재, 별다른 부정적 영향을 미치지 않을 것이 분명한, 익숙하고 예측 가능한 존재가 된다.

여우는 이렇게 하나의 극단에서 다른 극단으로 이동한다. 즉 타자에 대한 무지가 낳은 과도한 공포와 무기력에서 벗어나 타자를 완벽하게 알고 뜻대로 다룰 수 있다는 과도한 자신감을 가지게 된 것이다. 그런데 이렇게 극과 극을 달리는 여우의 태도 변화에서도 우리는 어떤 변치 않는 공통점을 발견할 수 있다. 그 공통점이란 과도함이다. 여우는 사자를 한 번은 지나치게 무서워하고 한 번은 지나치게 쉽게 여긴다. 이러한 과도함의 원인은 자신의 주관적 관념에 매몰되는 여우의 성향에서 찾을 수 있다. 여우는 사자와의 만남에서 타자로서의 사자에게 직접 반응하는 것이 아니라 사자에 관해 스스로 만들어낸 상에 반응한다. 처음에는 사자에 대한 경험이 전무한 상태에서 사자를 공포의 화신으로 상상하고 그런 상상 때문에 죽도록 무서워했다면, 마지막에는 불과 두 번의 만남에서 얻은 경험만으로 사자를 만만한 상대로 여기고 그런 자기 생각 속의 사자와 이야기를 나누고 있는 셈이다. 여우의 주관적 관념 속에서 사자는 실재보다 멀거나 실재보다 가깝다.

'무지'도 실재에 대한 왜곡된 상을 낳고 '지'도 실재에 대한 왜곡된 상을 낳는다. 전자가 전근대적 미신에 가까운 것이라면 후자는 근대적 인간이 빠지기 쉬운 이성에 대한 맹신을 연상시킨다. 그렇다면 우리는 이 이야기를 인간이 세계에 대해 취할 수 있는 인식론적 태도에 관한 우화로 읽을 수도 있을 것이다.

이런 맥락에서 주목할 만한 것은 여우와 사자의 두번째 만남이다. 이때 여우는 사자를 두려워하면서도 처음처럼 아예 정신을 잃지는 않은 상태로 사자를 상대한다. 그것은 타자에 대해 조금은 알지만 여전히 잘 모르는 부분이 많다는 사실을 의식하면서, 의심을 품은 채 조심스럽게 타자를 관찰하는 자의 태도다. 여기서 우리는 무지와 공포에서 비롯된 비합리적 미망에도, 부분적인 지를 완전한 지로 착각하는 이성의 오만에도 빠지지 않는 합리적, 비판적 입장의 가능성을 확인할 수 있다.

22

잡초와 채소:
자연 선택과 인간 선택

지나가던 사람이 채소에 물을 주는 원예사에게 물었다. "왜 채소는 그렇게 정성껏 보살피는데도 잘 시들고 잡초는 보살피지 않는데도 왕성하게 자라는가?" 원예사가 대답했다. "대지의 여신에게는 잡초가 친자식이고 사람이 심은 채소는 의붓자식이기 때문이지."

잡초란 무엇인가? 잡초 같은 인생이라는 말이 있다. 부모나 가정의 따뜻한 보호 없이 맨몸뚱이로 세파에 부딪

히면서도 꿋꿋이, 끈질기게 살아남는 사람을 두고 하는 말이다. 그만큼 잡초는 '보호받지 못함'이라는 관념과 깊이 연결되어 있다. 이 우화에서 지나가던 사람이 원예사를 보고 품은 의문에도 이러한 생각이 깔려 있을 것이다. 채소는 정성껏 보살펴도 잘될까 말까인데, 전혀 보살핌을 받지도 못하고, 심지어 반갑지 않은 불청객 취급이나 당하는 잡초들은 번성하다니.

이 우화의 원예사는 잡초에 대한 이러한 통념을 완전히 뒤집어버린다. 잡초는 결코 보호받지 못하는 천덕꾸러기가 아니다. 잡초는 대지의 여신, 즉 어머니 자연이 직접 심은 자연의 친자녀로서 자연의 품속에서 누구보다도 더 잘 보호받고 있다. 반면 인간이 심은 채소는 자연의 입장에서 볼 때는 남이 떠맡겨놓은 양아들 같은 존재일 뿐이다. 그러니 오히려 보살핌을 잘 받지 못하는 것은 채소다. 인간이 힘들여 채소를 가꾸어도 뜻한 대로 잘 자라지 못하는 것은 이 때문이다.

자연에서의 생존을 자연에 의한 차별적 보살핌의 문제로 보고 이를 인간의 (역시 차별적인) 보살핌과 비교하는 원예사의 견해는 놀랍게도 찰스 다윈의 자연 선택 이론을 예견한다. 잘 알려진 것처럼, 다윈이 『종의 기원』에서 종이 끊임없이 변화해왔고 또 변화하고 있음을 보여주기 위해 가장 먼저 언급한 것은 바로 동물을 사육하고 식물을 재배해온 인간의 경험이었다. 인간은 사육과 재배의 과정에서 원하는 개체를 선택해왔고, 그러한 선택이 종의 변화를 초래했다는 것이다. 다윈은 인간의 선택이 종을 변화시키듯이, 자연도 선택적 작용을 통해 종을 변화시켜왔다고 주장한다. 자연 선택이라는 진화론의 핵심 개념은 인간의 의도적이고 주체적인 선택 행위가 자연에 의해서도 이루어진다는 생각, 즉 자연을 인간적 주체로 보는 비유적 관념에서 나온 것이다. 다윈은 자연을 궁극적인 재배자, 사육자로 상상한 셈이다.

이와 유사한 상상이 원예사의 견해에도 담겨 있다. 원예사는 인간의 보살핌에서 자연의 더 큰 보살핌을 상상하고 이를 다시 인간의 보살핌과 대비시킨다. 인간이 채소를 기른다면 자연은 잡초를 기른다. 채소가 인간의 선택이라면 잡초는 자연의 선택이다. 자연 선택과 인간 선택 사이의 모순에서 채소 기르기의 어려움이 발생한다. 채소는 인간이 없는 자연 상태에서라면 아예 도태되어버렸을 것이다.

그런데 원예사의 견해에는 자연과 인간, 자연과 문화의 이분법이 깔려 있다. 이에 따르면 인간은 자연의 선택을 받지 못한 천덕꾸러기 채소의 생존을 억지로 지탱해가는 자연 외부의 요인으로 나타난다. 하지만 생명의 진화라는 전체적 맥락에서 보면 인간 역시 자연 선택의 과정 안에서 작용하는 무수한 요인들 가운데 하나라고 할 수 있다. 재레드 다이아몬드Jared Diamond는 『총, 균, 쇠』에서 참나무의 성공적 번식이 다람쥐에 의존하고 있음을 지적한다. 참나무는 다람쥐 식성에 꼭 맞는 도토리를 제공하고, 다람쥐는 참나무의 씨앗을 멀리 퍼뜨린다. 벌들은 꽃에서 꿀을 모으며 꽃가루를 옮기고 다님으로써 식물의 번식을 가능하게 한다. 어떤 의미에서 다람쥐와 벌은 무의식적으로 농사를 짓고 있는 셈이다. 참나무의 성공적 번식은 장기적으로 다람쥐에게 풍부한 도토리 수확을 가능하게 할 것이다. 마찬가지로 벌에 의한 수분은 장래의 꿀 공급을 보장한다. 많은 식물들이 동물의 선택, 동물의 보살핌에 의지하여 종족을 유지해간다. 이를 위해 도토리는 다람쥐가 먹기 좋게, 꿀은 벌의 입맛에 맞게 진화해온 것이다.

동일한 과정이 식물과 인간 사이에서도 일어난다. 식물은 인간의 입맛과 취향에 적응함으로써 인간으로 하여금 씨앗을 심고 물과 거름을 주는 노고를 마다하지 않게 만들었다. 때로 번식에 극도로 불리한 형질을 가진 것처럼 보이는 돌연변이(씨가 없는 열매, 껍질을 터뜨려 씨앗을 멀리 퍼뜨리지 못하는 밀)가 바로 그러한 형질 때문에 인간의 선택을 받아 성공적으로 확산되기도 한다. 그러니 인간이 멸종한다면, 인간의 선택에 의존해온 수많은 동식물이 멸종하거나 지금까지와는 전혀 다른 방향으로 진화할 것이다. 이는 꿀벌이 사라질 때 수많은 식물이 위기에 빠지는 것과 같은 이치다. 결국은 모든 것이 동일한 자연적 진화의 논리를 따르며, 이 점에서 자연 선택과 인간 선택, 야생과 재배, 자연과 문화 사이에 근본적 차이는 없다.

고대 그리스의 원예사가 대지의 여신과 인간을 대비시킬 때, 인간은 아직 매우 미약한 존재로 나타난다. 이 세계에서는 대지의 여신의 보살핌(선택)이 인간의 보살핌(선택)보다 훨씬 더 막강한 영향력을 발휘하고 있다. 하지만 현대에 이르러 선택자로서의 인간의 역할은 과거에는 상상조차 하지 못했을 정도로 커져버렸다. 너무나 많은 생명의 존속이 인간의 선택에 좌우된다. 인간의 보살핌을 받지 못하는 무수한 야생종들이 오늘날 심각한 멸종 위기에 직면해 있다. 인간은 자연 선택 과정의 제1요인이 되었다고 해도 과언이 아니다. 자연이 앞으로 어떤 모습으로 진화할 것인가는 인간이 무엇을 보살피기로 결정하느냐에 달려 있다. 그리고 그러한 결정은 어떤 이데올로기(그린피스의 이데올로기에서 극단적인 경제지상주의에 이르기까지)가 인간 사회의 헤게모니를 장악하느냐에 따라서도 상당히 크게 달라질 것이다. 이데올로기, 더 나아가 인간의 문화 전체가 자연 선택 과정의 중요한 변수가 된다.

고대 그리스의 원예사가 자기 자신의 미약함을 돌아보며 겸허한 태도를 취하려 했다면, 오늘의 인간은 스스로 얼마나 막강해졌는지 돌아보며 자연의 일원으로서 마땅히 갖추어야 할 책임 의식을 되새겨야 하지 않을까? 그렇게 된다면 자연 선택의 과정에서 인간의 책임 의식이 지배적인 변수가 될 수도 있을 것이다. 과연 이 세상의 많은 생명이 인간의 욕망과 필요가 아니라 인간적 양식과 윤리 의식의 선택을 받아 존속하게 되는 날이 올 수 있을까?

23

늑대와 개의 싸움:
개는 왜 다양한가?

늑대와 개의 싸움에서 개들은 그리스 개를 장군으로 뽑았다. 그리스 개는 늑대들이 위협해오는데도 전투 개시 명령을 내리지 않고 망설였다. 그리스 개가 이렇게 말했다. “내가 망설이는 이유는, 우리가 늘 행동에 앞서 의논을 하지 않으면 안 되기 때문이야. 늑대는 종족도 같고 색깔도 같지만 우리 군사는 저마다 관습이 다르고 각자 자기 족속에 대한 자부심도 강하지. 색깔조차 검은색, 적갈색, 흰색, 회색 등 가지각색이다. 이렇게 조화롭지 못하고 서로 다른 자들을 이끌고 어찌 싸움터로 인도할 수 있겠나."

개의 다양성과 늑대의 단일성을 대비시키는 이 우화는 상당히 자립적인 여러 도시국가로 분열되어 있는 고대 그리스의 역사적 상황을 연상시킨다. 이미 『일리아스』의 세계에서조차 헬레네를 납치해간 트로이를 정벌하기 위해 그리스 총연합군을 구성하는 것은 그리 간단한 과제가 아니었다. 페르시아 전쟁은 광대한 통일 제국을 건설한 다리우스 왕의 군대와 그리스 도시국가 연합군 사이의 싸움, 즉 늑대와 개의 싸움이었다. 그리스는 비록 페르시아 전쟁에서 천신만고 끝에 승리하기는 하지만 이후 아테네와 스파르타 사이의 경쟁과 반목 속에 더 심한 분열을 거듭하며 정치적 혼란과 쇠퇴의 길을 밟게 된다. 이런 역사적 맥락에서 위의 우화는 그리스의 분열상에 대한 경고, 정치적 통합에 대한 희망과 같은 메시지를 담고 있다고 해석할 수 있을 것이다.

그런데 이 우화에서 특히 흥미로운 것은 늑대와 개가 단일성과 다양성의 대립이라는 관점에서 비교되고 있다는 사실이다. 물론 늑대와 개는 다른 여러 편의 이솝 우화 속에서도 대조적인 동물로 그려진다. 하지만 다른 이야기들에서 비교의 초점은 대체로 '길들임'이라는 문제에 맞추어져 있다. 개가 인간에게 길들여지고 인간의 이익을 위해 봉사하는 동물이라면, 늑대는 때로는 길들여지지 않는 자유로운 동물로, 때로는 어떻게 길들이려 해도 사악한 본성을 버리지 못하는 몹쓸 존재로 나타난다. 하지만 이 우화는 그것과는 완전히 다른 관점에서 늑대와 개의 차이를 지적한다. 늑대와 개는 근친 관계임을 간과할 수 없을 만큼 서로 많이 닮아 있다. 그런데 왜 늑대는 모두 똑같이 생긴 반면, 개는 그토록 다양한 종족으로 이루어진 것일까? 그것이 이솝이 이 우화를 지으면서 마음속에 품었던 의문이었을 것이다.

같은 질문을 먼 훗날 개가 길들여지는 과정을 연구한 드미트리 벨랴예프Dmitri Belyaev나 레이먼드 코핑거Raymond Coppinger 같은 생물학자들이 다시 던지게 된다. 개의 조상이 늑대였고 개가 늑대에서 갈라져나온 것이 아무리 길게 잡아도 3만 년 정도에 불과하다는 오늘날의 생물학적 지식에 비추어보면, 늑대의 단일성과 개의 다양성 사이의 극명한 대조는 더욱더 놀랍게 여겨진다. 그런 엄청난 차이에도 불구하고 개는 아직 완전히 독립적으로 분화된 종의 단계에조차 이르지 못했다. 늑대와 개 사이의 번식에 별 문제가 없으니, 개는 여전히 늑대의 아종에 지나지 않는 것이다. 그렇다면 늑대의 일종인 개가 짧은 진화의 시간 동안 치와와에서 시베리안허스키에 이르기까지 엄청나게 다양한 모양과 크기와 색깔로 분화한 것을 어떻게 설명할 수 있을까? 예컨대 이들 간의 두개골 모양의 차이는 6천만 년 동안 진행된 야생 육식 포유류의 분화 정도를 능가한다고 한다.

이처럼 급속한 단기적 분화가 일어날 수 있었던 것은 매우 강력한 인위적 선택이 개입했기 때문이다. 개가 어떻게 늑대의 무리를 벗어나 인간과 함께 살게 되었는지에 관해서는 여전히 여러 가지 설이 분분하지만, 분명한 것은 일단 개가 인간에게 길들여지고 인간의 집에서 살기 시작한 다음부터 개의 생존 조건이 급격하게 변화했다는 점이다. 자연 상태에서라면 생존에 극히 불리하게 작용했을 우연한 변이—지나치게 눈에 띄는 점박이 같은 것—도 인간의 보호 속에서 무사히 보존될 수 있었다. 심지어 인간은 자신의 취향에 따라 독특한 변이를 더욱 장려하는 방식으로 선택의 압력을 행사해왔다. 그리하여 개는 야생에서의 생존이라는 하나의 방향이 아니라 인간의 다양한 취향을 향해 진화를 거듭해온 것이다.

요컨대 개의 다양성은 길들여짐, 온순함, 공격성의 약화를 전제로 한다. 그런 의미에서 늑대의 단일성과 개의 다양성을 대비시키는 이 우화도 결국은 야성과 길들여짐의 대립에 관한 이야기로 소급될 수 있다. 우화에서 늑대와 맞서 싸우려 한 다양한 종족의 개들은 이미 인간과 함께 살 수 있게 길들여지고 온순해진 동물이다. 그렇다면 그리스 개가 즉각 공격 명령을 내리지 못하고 망설이는 것은 개 군단의 다양성 때문만이 아니라 개들의 공격적 성향이 늑대와 비교할 수 없을 정도로 미약하기 때문이라고 해석할 수도 있을 것이다.

24

목자와 늑대:
길들이기에 대하여

어떤 목자가 우연히 새끼 늑대들을 발견하고 이들을 데려다 정성껏 길렀다. 이들이 자라면 양 떼를 지켜줄 뿐만 아니라 다른 양들도 채어올 것이라 기대했기 때문이다. 하지만 늑대들은 다 자라자 우선 목자의 양 떼부터 닥치는 대로 잡아먹기 시작했다. 목자는 뒤늦게 한탄했다. "나는 왜 마땅히 죽였어야 할 짐승을 어리다고 구해주었단 말인가?"

목자는 늑대를 새끼 때부터 길들여서 나중에 이용해

보려 했으나 그의 실험은 처참한 실패로 끝나고 만다. 어리석게도 늑대가 양 떼를 지켜줄 것이라고 믿은 것은 이 우화의 목자뿐만이 아니다. 이솝 우화에는 늑대를 길들여 이용하려다가 봉변을 당한 목자의 이야기가 여러 편 더 실려 있다. 왜 목자들은 늑대처럼 사납고 야비한 것으로 정평이 난 짐승을 데리고 위험천만한 실험을 반복한 것일까?

그것은 무엇보다도 늑대가 개와 무척 닮았기 때문일 것이다. 「늑대가 개와 화해하다」라는 우화에서는 늑대들이 스스로 개와 형제 같은 사이라고 주장한다. "너희는 모든 점에서 우리와 같은데 어째서 우리와 형제처럼 화목하게 지내지 않니? 우리는 사고방식 외에는 너희와 아무 차이도 없어." 이처럼 늑대는 사고방식 외에는 개와 아무 차이도 없기에 목자들은 늑대를 잘만 길들이면 개처럼 인간에게 쓸모 있는 동물로 만들 수 있으리라 기대한 것이다. 하지만 그러한 기대는 늑대가 자라면서 물거품이 된다. 천성이 사악한 늑대는 결코 길들여지지 않는다는 것이 이솝 우화의 일관된 메시지다.

그러나 우리는 개 역시 결국 인간에게 길들여진 늑대임을 알고 있다. 인간은 야성적인 늑대를 길들여 충성스러운 개로 만든 것이다. 그렇다면 늑대가 천성이 사악하여 결코 길들여지지 않는다는 이솝 우화의 주장은 뭔가 잘못된 것이 아닌가? 늑대가 새끼 때부터 잘 보살펴 기른다고 해서 결코 개처럼 되지 않는다면, 도대체 최초의 개는 어떻게 길들여진 것인가?

구소련의 유전학자 드미트리 벨랴예프는 개가 길들여진 과정을 밝히기 위해 1959년부터 은여우를 대상으로 장기 실험을 시작했다. 벨랴예프와 그의 동료 및 제자 들은 은여우 가운데 야성이 미약한 개체들, 즉 사람을 보고 무작정 덤비거나 도망가지 않고 사람의 접근을 어느 정도 허용하는 친절한 개체들을 선택하여 그들끼리 교배를 거듭했다. 그리하여 불과 9세대 만에 사람이 오면 반가워하며 꼬리를 흔드는 개 같은 여우를 만들어내는 데 성공했다. 오늘날 벨랴예프가 남긴 은여우 사육장에서는 이렇게 만들어진 애완용 은여우를 개인에게 팔기도 한다.

벨랴예프의 실험이 시사하는 바는 다음과 같다. 인간은 보살핌과 훈육에 의해 늑대의 행동방식을 바꿈으로써가 아니라, 늑대 중에 인간과 함께 살기에 적합한 천성을 지닌 개체를 반복적으로 선택함으로써 늑대를 개로 길들이는 데 성공했다. 그 과정에서 인간과의 친화성이 유전자 자체에 새겨져 있는 가축이 만들어진 것이다. 그런 점에서 길들이기는 조련과 다르다. 조련사는 혹독한 채찍과 당근의 양면 작전으로 코끼리도, 사자도 조련할 수 있다. 이렇게 조련된 코끼리와 사자는 주인을 따르고 심지어 주인의 명에 따라 묘기를 부리기도 한다. 하지만 이들은 결코 인간을 좋아하고 따르는 새끼를 낳지는 못한다. 즉 조련을 통해서도 천성(유전자) 자체가 바뀌지는 않는 것이다.

그렇다면 천성이 사악한 늑대를 길들이려 하다가 오히려 늑대에게 해를 입을 것이라는 이솝 우화의 경고는 전적으로 타당하다. 다만 늑대가 개로 길들여질 수 있었던 것은 모든 늑대의 천성이 똑같은 정도로 거칠지는 않았기 때문이다. 동물을 길들이려는 인간의 손에 어쩌다 운이 좋게도 조금 덜 거친 늑대 새끼가 굴러들어 와 자라서도 인간을 따르게 되었고 다시 그 늑대의 새끼 중 유순한 녀석들이 선택되어 여러 세대를 거친 끝에 인간의 친구인 개로 진화했을 것이다. 선사시대의 인간들에게 유전 법칙은 알려져 있지 않았으니, 그들은 벨랴예프의 연구진처럼 고도로 통제된 조건에 따라 늑대를 교배시키지는 못했을 테고, 그런 만큼 늑대에서 개로의 진화 과정은 수많은 시행착오를 거듭하며 서서히 진행되었을 것이다.

이상의 논의에서 늑대를 데려다 길들여보려는 시도가 무조건 무모하고 어리석은 것이라고 할 수는 없다는 점이 드러난다. 오히려 그러한 어리석음과 무모함이 거듭된 끝에 바늘구멍만큼 작은 길들이기의 가능성이 열린 것이다. 늑대가 절대 길들여지지 않는 사악한 천성을 지닌 동물이라는 이솝 우화의 가정은 확률적인 진실만을 담고 있을 뿐이다. 동일 종 안에서도 개체들은 다양한 변이를 나타내며,

늑대도 다 같은 늑대가 아니다. 하지만 다윈의 진화론에서 대단히 핵심적인 의미를 지니는 개별성에 대한 인식(개체 변이)은 이솝 우화의 세계상과는 거리가 멀다. 예컨대 또 다른 우화 「맹인」에서 새끼 늑대를 손에 쥐어본 맹인은 다음과 같이 확신에 차서 말한다. "내가 확실히 아는 것은, 이 짐승은 양 떼와 함께 있게 해서는 안 된다는 것이오."

25

헤르메스와 나무꾼: 모방자와 심판자

나무꾼이 도끼를 강물에 빠뜨렸다. 강에 휩쓸려간 도끼를 되찾을 길이 없어서 울고 있는 나무꾼에게 그 강의 주인인 헤르메스 신이 나타났다. 헤르메스는 나무꾼의 딱한 사정을 듣고 연민을 느끼고 강물 속으로 들어가 금도끼를 꺼내와서는 나무꾼에게 이 도끼가 그의 도끼가 맞는지 물었다. 나무꾼은 아니라고 대답했다. 헤르메스는 다시 강으로 들어가더니 이번에는 은도끼를 가져왔다. 이 도끼가 맞느냐는 헤르메스의 물음에 나무꾼은 은도끼도 자기 도끼가 아니라고 대답했다. 헤르메스가 세번째로 강물에 들어가서 나무꾼이 빠뜨린 도끼를 꺼내왔을 때서야 나무꾼은 그것이 자기 도끼라고 말했다. 헤르메스는 나무꾼의 정직성에 감탄한 나머지 도끼를 찾아주는 데 그치지 않고 금도끼와 은도끼도 나무꾼에게 선물로 주었다.

나무꾼이 동료들에게 이 이야기를 들려주었을 때 그중 욕심쟁이 한 명이 부러워하며 자기도 같은 선물을 받고 싶어 했다. 그는 강에 도끼를 빠뜨리고는 첫번째 나무꾼처럼 강가에 앉아 울었다. 역시 헤르메스가 나타나서 사정을 묻고, 강으로 들어가 금도끼를 꺼내왔다. 이 도끼가 맞느냐는 헤르메스의 물음에 욕심 많은 나무꾼은 그렇다고 대답했지만 헤르메스는 정직하지 못한 나무꾼을 괘씸히 여겨 금도끼도 주지 않고, 원래 도끼도 찾아주지 않고 사라져버렸다.

이 우화는 다양한 문화권의 민담 속에서 전형적으로 나타나는 반복의 패턴을 보여준다. 주인공에게 뜻하지 않게 찾아온 행운을 부러워한 욕심쟁이가 자기도 같은 행운을 차지하려고 주인공을 따라 하다가 오히려 화를 입는다. 우리는 당장에 수많은 사례를 떠올릴 수 있다. 「흥부와 놀부」「혹부리 영감」「알리바바와 40인의 도적」, 페로Charles Perrault의「요정」 등등.

정확히 말해서 이들은 모두 반복이 아니라 반복의 불가능성에 관한 이야기다. 주인공을 그대로 따라 하려는 모방자의 시도는 언제나 실패로 돌아간다. 주인공에게 일어나는 일과 모방자에게 일어나는 일은 구조적으로는 유사하지만 내용적으로는 언제나 정반대가 된다. 그것은 패러디의 형식이다. 모방자는 주인공을 따라 하면서 주인공에 대한 패러디적 형상이 된다.

그렇다면 모방은 왜 실패하는가? 주인공에게 행운은 그가 행운을 전혀 기대하지 않은 순간에 뜻하지 않게 우연한 계기로 찾아온다. 흥부는 보물을 낳는 박씨를 얻으려고 제비 다리를 고친 것이 아니다. 제비를 구해주었더니, 그 결과 제비가 박씨를 물어온 것뿐이다. 하지만 모방자에게는 행운이 행위의 의도치 않은 결과가 아니라 행위의 목표가 된다. 주인공에게 행운이 저절로 찾아왔다면, 행운을 목표로 삼은 모방자는 목표가 이루어지기까지 조바심을 내며 기다리고, 기다림을 못 견디는 조급한 마음에서 결국 행운이 찾아오는 순간을 앞당기기 위해 인위적이고 무리한 작전을 감행하게 된다. 조바심 때문에 모방자는 주인공이 간 길에서 빗나가고 만다. 놀부는 제비가 다리를 다치기를 기다리다가 도저히 참지 못하고 스스로 제비 다리를 부러뜨린다. 알리바바의 형 카심은 도둑 떼의 동굴 속에 있는 보물을 집으로 무사히 가져가야만 행운의 주인공이 될 수 있건만, 이미 동굴 속에서 보물의 주인이 된 것처럼 기뻐하다가 동굴의 문을 여는 암호를 잊어버린다.

페로의 「요정」에서 모방은 이와는 약간 다른 양상을 보여준다. 동생은 샘터에서 허름한 차림의 노파로 변장한 요정에게 친절하게 물을 떠 준다. 그리하여 말할 때마다 아름다운 꽃과 보석이 나오는 신기한 능력을 얻는다. 언니도 허름한 차림의 노파에게서 같은 선물을 얻기 위해 샘터로 간다. 그런데 이번에 요정은 아름다운 공주의 모습으로 나타나 물을 떠달라고 하고, 언니는 그 부탁을 퉁명스럽게 거절한다. 그러자 요정은 말을 할 때마다 뱀과 두꺼비가 튀어나오는 벌을 내린다. 이 이야기에서는 요정이 주인공과 모방자의 진정한 자질을 시험해보고 상벌을 나누어주는 심판자로 등장한다. 그래서 요정은 주인공 앞에서는 진정 착한 사람이 아니면 무시해버리기 쉬운 허름한 행색의 노파로 등장하고, 반대로 가난한 노파에게 친절하면 선물을 받는다는 것을 알고 찾아온 모방자에게는 화려한 차림의 공주로 나타난 것이다. 이처럼 심판자가 반복에 변이를 가져오자, 예상하지 못한 상황에 직면한 모방자는 혼란에 빠지고 자신의 본성을 드러낸다. 놀부가 조급증 때문에 모방에 실패하고 이로 인해 심판자(제비)에게서 징벌을 받게 된다면, 페로 동화의 언니는 시험하고자 하는 심판자의 작전에 말려 모방에 실패한다.

「혹부리 영감」 이야기는 이와는 또 다른 유형에 속한다. 여기서 모방자가 특별히 잘못 따라 한 것은 없다. 모방자의 잘못은 애당초 따라 할 수 없는 것을 따라 하려 했다는 데 있다. 모방자는 혹이 노래 주머니라는 주인공의 말에 속아 넘어가 낭패를 본 도깨비들에게 똑같은 속임수를 쓰려 한다. 이미 한 차례 안 좋은 경험으로 단련된 도깨비들은 모방자의 말을 믿지 않고 오히려 주인공의 혹을 모방자에게 붙여 줌으로써 사기당한 것에 대한 분풀이를 한다. 이때 모방의 실패는 주인공의 행위가 그 행위의 반복을 불가능하게 하는 방향으로 상황을 변화시켰다는 데서 기인한다. 모방자는 그 점을 인식하지 못하고 반복을 시도하다가 낭패를 겪는다.

위 세 가지 유형에서 발견되는 모방의 실패 요인들은 물론 상호 배제적인 것이 아니다. 모방자의 조급증, 심판자, 상황의 변화가 모두 모방의 실패에 함께 작용할 수 있다. 그렇다면 「헤르메스와 나무꾼」의 경우는 어떨까? 모방의 실패와 관련된 세 가지 요인을 중심으로 이 우화를 살펴보기로 하자.

첫째, 조급증. 주인공이 그저 정직하게 자신의 도끼를 되찾고자 한 데 반해 모방자는 주인공이 얻은 행운을 노리고 의도적으로 강가에 찾아온다. 모방자는 헤르메스가 금도끼를 꺼내들었을 때 그것을 당장 가지고 싶어서 거짓말을 한다. 주인공을 정확히 따라 하고자 했으면 마땅히 진중하게 기다리며 금도끼-아니요, 은도끼-아니요, 쇠도끼-네의 3단계 문답 과정을 거쳐야 했을 것이다. 따라서 모방자는 과도한 욕심과 조급함 때문에 자기 도끼마저 잃어버렸다고 할 수 있다.

둘째, 심판자. 우리는 금도끼와 은도끼를 들고 질문을 던지는 헤르메스의 모습에서 쉽사리 인간의 진실성을 시험하고 상과 벌을 나누어 주는 신적인 심판자의 형상을 발견할 수 있다. 헤르메스와 두 나무꾼 사이의 관계는 페로의 동화에서 요정과 두 자매의 관계와 정확히 일치하는 것처럼 보인다. 하지만 헤르메스와 요정은 중요한 점에서 차이를 보인다. 요정과 달리 헤르메스는 특별히 욕심쟁이 나무꾼의 모방을 방해하고 그의 본심을 드러나게 하는 교란작전을 펼치지 않는다. 헤르메스는 첫번째 나무꾼과 두번째 나무꾼 앞에 한결같은 모습으로 나타난다. 여기서 한 가지 의문이 제기된다. 만일 모방자가 조급증을 드러내지 않고 세 차례 문답을 제대로 반복했다면 헤르메스에게서 상을 받을 수 있었을까?

설사 욕심쟁이 나무꾼이 문답 과정에서 거짓말을 하지 않았더라도 이는 첫번째 나무꾼의 경우와 달리 더 큰

대가를 노리고 정직성을 연기한 것에 지나지 않는다. 도끼를 강물에 빠뜨리고 운 것 자체가 이미 거짓이었던 것이다. 따라서 모방자는 처음부터 상을 받을 자격이 없었고, 헤르메스가 신적인 심판자라면 이를 꿰뚫어보고 모방자의 원천적인 거짓이 드러나게 해줄 어떤 다른 방식의 시험을 부과했어야 한다. 페로의 요정이 모방자의 마음을 꿰뚫어 보고 변칙을 사용하여 그 나쁜 본성이 드러나도록 한 것처럼 말이다. 하지만 헤르메스는 (모방자의 조급함 때문에 중단되기는 했지만) 특별한 생각 없이 모방자에게 똑같은 시험의 과정을 거치게 하려 한 듯이 보인다. 그는 모방을 방해하지 않는다. 만일 모방자가 세 번의 문답을 통과했다면 헤르메스는 모방자에게 속아 넘어가 금도끼와 은도끼를 내주었을까? 헤르메스는 전지적이고 신적인 심판자인가? 아니면 인간에게 순진하게 속아 넘어갈 수도 있는 「혹부리 영감」 이야기의 도깨비 같은 존재인가?

이 물음에 대한 확실한 답은 없다. 모방자가 너무나 노골적으로 욕심을 드러낸 탓에 헤르메스의 시험 계획은 끝까지 가지 못하고 중단됐기 때문이다. 다만 흥미로운 것은 다른 여러 편의 이솝 우화에서 헤르메스가 대체로 어떤 완벽한 신성과는 거리가 먼 존재로 묘사된다는 사실이다. 헤르메스는 사람들에게 무시당하거나(헤르메스가 변장하고 조각가에게 자기 조각상의 가치를 물어보자, 조각가는 제우스와 헤라의 상을 사면 덤으로 줄 수 있다고 대꾸한다), 욕을 퍼먹기도 하며(어떤 사람이 헤르메스 상에게 소원을 빌어도 들어주지 않자 화가 나서 그 상을 깨버리는데, 그 속에서 금화가 쏟아진다. 그러자 그는 헤르메스 상을 향해 "너는 두들겨 패야 뭔가를 내주는구나" 하고 소리친다), 제우스의 명으로 사람들에게 거짓과 같은 악덕이나 그 밖의 결점을 심어주는 역할을 수행하기도 한다(헤르메스는 장인들에게 거짓의 습성을 나누어주는데, 배분을 잘못해서 특히 구두장이가 제일 심한 거짓말쟁이가 된다). 그런 헤르메스가 여기서 정직성의 심판자로 등장한다는 것은 오히려 의외로 여겨진다. 이솝 우화 속 헤르메스의 전반적 이미지를 고려한다면 「헤르메스와 나무꾼」 우화의 헤르메스 역시 신적인 심판자라기보다는 약점이 있는 인간적 존재로, 인간의 반응에 당황해하고 인간에게 속아 넘어갈 수도 있는 존재로 해석함이 타당하지 않을까?

셋째, 상황 변화. 「혹부리 영감」에서 주인공의 행동은 도깨비들의 마음을 바꾸어놓고, 따라서 모방자의 행동은 그들에게 더 이상 통하지 않게 된다. 「헤르메스와 나무꾼」에도 이런 논리를 적용할 수 있을까? 주인공은 자신의 정직성을 헤르메스에게 증명함으로써 금도끼와 은도끼까지 선물로 받는다. 그런데 그것이 욕심쟁이 나무꾼의 모방을 불가능하게 하는 상황 변화를 가져왔다고 할 수 있을까?

헤르메스는 울고 있는 주인공 나무꾼을 불쌍히 여겨 강물에 들어갔다. 헤르메스는 유일한 생계 수단인 도끼를 잃어버려 곤경에 빠진 인간을 가엾게 여겼고 그래서 그를 도우려 한 것이다. 그런 헤르메스가 나무꾼의 도끼가 아닌 것이 뻔한 금도끼를 강물에서 꺼내어 나무꾼의 욕심을 자극한 뒤 그가 정직한지 아닌지 시험해보려 했다는 것은 어딘지 앞뒤가 맞지 않는다. 헤르메스에게 처음부터 나무꾼을 시험해보려는 의도가 없었다는 또 하나의 근거는 그가 나무꾼에게 금도끼를 보여준 뒤에 은도끼를 보여주었다는 사실이다. 헤르메스가 나무꾼의 정직성을 시험해보려 했다면, 그리고 시험의 미끼로 사용할 수 있는 최상의 가치를 지닌 물건이 금도끼였다면, 나무꾼은 금도끼를 받지 않은 것으로 이미 시험에 합격한 것이다. 금도끼에 현혹되지 않은 사람이 설마 은도끼에 양심을 팔 리는 없을 것이기 때문이다.

그렇다면 헤르메스는 도대체 무엇을 한 것일까? 금도끼와 은도끼가 나무꾼을 시험하기 위한 미끼가 아니라면, 헤르메스가 그것이 정말 나무꾼의 도끼일 수도 있다고 생각하고 물어본 것일까? 하지만 그랬을 리는 없다. 뒤에서 드러나듯이 금도끼는 헤르메스 자신의 소유물이었으니 말이다. 게다가 가난한 나무꾼이 강물에 빠뜨린 생계의 도구가 금도끼일 수 없다는 것은 헤르메스도 잘 알고 있는 사실이었다. 그렇다면 대체 헤르메스가 엉뚱한 도끼를 꺼내 나무꾼의 마음을 떠본 저의는 무엇이었을까? 모든 정황을 고려할 때 그나마 합리적인 설명은 헤르메스가 그것을 가난한 나무꾼에게 슬쩍 선물하려 했다는 것이다. 헤르메스는 "이 도끼가 네 도끼냐"라고 물어보면 가난한 나무꾼이 자신의 의도를 알아차리고 "네" 하고 대답하며 받아갈 거라고 기대했을 것이다. 바보가 아닌 이상 헤르메스가 그걸 진지하게 물어본다고 믿을 리는 없기 때문이다. 게다가 장인들에게 거짓의 습성을 나누어준 헤르메스가 나무꾼에게 그러한 기대를 하는 것도 그리 이상한 일은 아니다. 하지만 너무나 고지식한 나무꾼은 눈치도 없이 "아닌데요" 하고 대답해버렸다. 다소 무안해진 헤르메스는 할 수 없이 금도끼 선물을 포기하고 은도끼라도 손에 쥐어주려고 한다. 이제라도 나무꾼이 자신의 의도를 알아차리고 장단을 맞춰주기를 기대하면서. 그러나 눈치 없는 나무꾼은 다시 아니라고 대답한다. 헤르메스는 하는 수 없이 나무꾼의 도끼를 찾아온다. 이제 나무꾼의 높은 도덕성에 감명받은 헤르메스는 그에게 금도끼와 은도끼를 모두 선물로 안겨준다.

그러니까 헤르메스가 정직성이라는 도덕적 가치의 시험관이자 심판자로서의 역할을 하는 것은 나무꾼과 처음 만날 때가 아니라 나무꾼의 행동을 겪고 난 다음의 일이다. 정직한 나무꾼은 헤르메스가 인간을 바라보는 눈을 바꾸어놓았다. 즉 나무꾼이 인간의 도덕성에 대한 헤르메스의 기대를 높여놓은 것이다. 그것이 바로 주인공의 행위가 가져온 변화다. 변화한 것은 헤르메스 자신이다. 헤르메스는 인간을 꿰뚫어보는 전지적 심판자가 아니라 인간을 겪으며 변화하고 교정되어가는 불완전한 신, 형성의 과정에 놓여 있는 심판자로 나타난다.

불행하게도 정직하지 못한 욕심쟁이 나무꾼은 인간의 정직성에 대한 헤르메스의 기대가 한껏 높아진 상황에서 헤르메스를 찾아간다. 헤르메스는 먼젓번과 비슷한 상황에 처한 또 한 명의 나무꾼이 도움을 청하고 있는 것을 본다. 헤르메스는 이번에도 금도끼를 가져오지만, 그것은 나무꾼이 불쌍해서 선물을 주려는 의도에서가 아니었다. 헤르메스는 그를 첫번째 나무꾼과 비교하기 위해서, 그가 과연 첫번째 나무꾼만큼 정직한지 시험하기 위해서 금도끼를 미끼로 던져준 것이다. 이제 헤르메스는 본격적으로 시험관이자 심판자의 역할을 수행한다. 욕심쟁이 나무꾼은 금도끼를 자기 것이라고 주장함으로써 이 시험에서 탈락한다. 욕심쟁이 나무꾼이 주인공보다 먼저 도끼를 강물에 빠뜨리고 헤르메스를 만나서 금도끼를 자기 것이라고 주장했다면, 헤르메스는 순순히 그에게 금도끼를 내주었을지도 모른다. 하지만 그것은 정직성의 심판관 노릇을 하기로 작정한 헤르메스에게는 먹혀들 수 없는 어림없는 계산이었다. 이야기는 반복 속에서 정확한 전도를 일으킨다. 첫번째 나무꾼이 기뻐하며 금도끼를 받아 갈 거라는 헤르메스의 기대를 배반하고 "아니요"라고 말했다면, 두번째 나무꾼은 헤르메스가 "아니요"를 기대한 순간 "네"라고 말해버린다.

모방자는 한편으로 너무 많이 따라 한다. 상황이 변화한 것을 생각하지 않고 무조건 주인공과 똑같이 하려 하기 때문이다. 하지만 모방자는 너무 적게 따라 하기도 한다. 그것은 이를테면 욕심이 앞서서 조급해진 탓일 수도 있고, 페로의 동화에서처럼 자신이 주인공을 따라 해야 하는 상황임을 인식하지 못해서일 수도 있다. 역설적이게도 실패하는 모방자들은 대체로 너무 많이 따라 하는 동시에 너무 적게 따라 한다. 사실 과다 모방과 과소 모방은 상충되는 것이 아니라 동일한 문제의 상이한 표출일 뿐이다. 문제는 모방자가 따라 하고자 할 뿐 정말 무엇을 따라 해야 하는지 알지 못한다는 데 있다. 그래서 따라 해서는 안 되거나 따라 할 필요가 없는 것을 따라 하고(과다 모방), 정말 따라 해야 할 대목에서 엉뚱한 짓을 저지르고 마는 것이다(과소 모방).

모방자는 무엇이 동일한 것인지, 무엇이 다른 것인지를 판단하지 못한다. 동일성과 차이는 눈에 직접 보이는 것이 아니다. 눈에 보이지 않는 무언가를 볼 수 있어야만 무엇이 같고 무엇이 다른지 알 수 있고, 그러한 토대 위에서만 의미 있는 모방이 이루어질 수 있다. 설화나 우화 속의 모방자들이 보지 못한 것은 바로 주인공의 친절한 마음, 연민, 정직성 등이다. 그들은 그것을 이해하지 못한 까닭에 상황의 동일성과 차이를 제대로 분간할 수 없었고 결국 서투른 모방, 즉 과다 모방과 과소 모방의 한계를 벗어나지 못한 것이다.

26

양치기의 장난:
알림과 거짓말

양치기가 양 떼를 몰고 마을에서 멀리 떨어진 곳으로 나갔다가 심심해지면 늑대가 나타났다고 외치곤 했다. 거짓 외침을 들은 마을 사람들은 헐레벌떡 달려갔다가 양치기의 장난에 놀아난 것을 알고 돌아왔다. 그런 일이 두세 번 반복되자, 마을 사람들은 정말 늑대가 나타났을 때 양치기의 외침을 듣고도 양 떼를 구하러 가지 않았다. 그리하여 양치기는 양 떼를 잃어버렸다.

말은 부재하는 것, 현전하지 않는 실재의 대리다. 인간은 부재하는 대상을 말의 대리 작용을 통해 간접적으로 경험할 수 있다. 인간은 기호를 통해 자신이 아는 것을 타인에게 알릴 수 있고, 자신이 알지 못하는 것을 타인에게서 알 수 있다. 그런데 부재하는 것을 대리한다는 말의 속성은 거짓의 유포 또한 가능하게 한다. 말은 단지 특정한 주체에게 현전하지 않는 것뿐만 아니라 절대적 의미에서 부재하는 것까지 환기할 수 있기 때문이다. 진실을 알리는 것과 거짓을 유포시키는 것은 완전히 상반된 기능인 것 같지만 결국 말의 동일한 본성에서 유래한다. 알림과 거짓말은 분리할 수 없는 말의 두 얼굴이다.

알림으로서의 말과 거짓으로서의 말은 서로 어떤 관계에 있을까? 말이 송신자에게서 수신자에게 전달될 때 수신자는 두 가지 선택지 앞에 선다. 그것은 알림일 수도 있고 거짓말일 수도 있다. 말은 현전하지 않는 사태에 대한 것이기에 거짓의 가능성은 항상 열려 있다. 하지만 수신자는 말에 대해 매번 두 가지 가능성 사이에서 갈팡질팡하거나 고민하지 않는다. 알림의 가능성과 거짓의 가능성이 그저 반반씩이라면 모든 말은 사실상 무의미할 것이고, 우리는 말을 듣고 어떤 판단도 내릴 수 없을 것이다. 그렇다면, 예컨대 양치기가 "늑대가 나타났다"고 외쳤을 때도 사람들은 그저 늑대가 나타났을 수도 있고 나타나지 않았을 수도 있다고 생각할 수밖에 없었을 것이고, 결국은 그렇게 재빠르게 출동하지도 않았을 것이다. 말이 의사소통의 매체로서 제대로 작동하려면 말이 진짜 사태를 잘 대변하고 있다는 기본적인 신뢰가 요구된다. 말의 '디폴트값'은 알림이다. 다른 특별한 사정이나 의심스러운 정황이 없는 한, 말은 우리에게 진실을 정확하게 알리는 것으로 간주된다. 사람들이 양치기의 외침을 듣자마자 다른 생각 없이 서둘러 달려온 것도 바로 이 때문이다.

거짓말조차 말이 기본적으로 알림으로 간주된다는 사실에 의존하고 있다. 거짓말은 사람들이 그것을 사실로 믿어줄 때만 소기의 목적을 달성할 수 있다. 양치기의 거짓말 장난은 알림으로서의 말에 대한 사람들의 신뢰를 전제로 하는 것이다. 말에 대해 사람들이 늘 의심 상태, 판단 보류 상태에 머물러 있다면, 알림도 거짓말도 불가능해진다. 거짓말은 알림의 파생형 또는 모조품이며, 알림에 기생한다. 거짓말은 마치 위조지폐와 같다. 위조지폐를 통해서 이득을 볼 수 있는 것은 대부분 정상 화폐가 유통되고 화폐에 대한 신뢰가 살아 있을 때다. 위조지폐의 과다가 통화질서를 문란하게 하고 결국 화폐 가치의 하락 내지 소멸로 이어지듯이, 거짓말의 만연은 말에 대한 신뢰를 잠식하고 말의 알림 기능을 방해한다. 양치기의 경우 바로 그러한 일이 발생했다. 말에 대한 신뢰는 워낙 강력한 것이어서,

사람들은 한 번 양치기에게 속았는데도 양치기가 두번째로 늑대의 등장을 알리자, 또 양 떼를 구하러 달려왔다. 하지만 같은 일이 반복되면서, 양치기의 외침은 더 이상 알림으로 기능하지 못하게 된다. 그런 점에서 거짓말은 역설적이다. 거짓말은 말에 대한 사람들의 믿음을 토대로 작동하지만, 결국은 자신의 토대를 무너뜨리는 결과를 초래하기 때문이다.

양치기는 장난삼아 거짓말을 상습적으로 한 대가로 양 떼를 잃는다. 그런데 그것이 과연 개인적 손실에 그치는 것이었을까? 마을 사람들이 열심히 양 떼를 구하러 달려온 것은 분명 양 떼를 지켜야 할 공동체의 이해관계가 있음을 짐작하게 한다. 따라서 말이 알림으로서의 기능을 상실함으로써 피해를 본 것은 거짓말한 양치기만이 아니다. 거짓말로 인해 늑대에 대한 알림을 접하고도 그것을 믿지 못하게 된 마을 사람들도 피해자인 것이다. 말이 알림의 기능을 상실하고 의사소통의 매체로서 작동하지 못하게 되면, 사회적 의사소통에 의해 존립하는 공동체 전체가 위기에 빠지게 된다. 그것은 단순히 우화 속의 이야기가 아니다. 정치인의 상습적 거짓말은 정치적 담론 전체에 대한 불신을 낳는다. 이때 우리는 흔히 정치적 담론에 대한 불신이 정치인에게 이용당하거나 속아 넘어가지 않는 비판적이고 현명한 시민의 자기 방어적 태도라고 생각해버린다. 그러면서 정치적 담론이 총체적 불신의 대상이 되었다는 사실 자체가 극히 심각한 문제라는 것은 쉽게 잊어버리곤 한다. 늑대가 진짜 등장했을 때 그것을 알릴 방법이 없는 상태가 된 것은 양치기만의 문제가 아니라 마을 공동체 전체의 문제다.

모든 사회는 거짓말을 하기 어렵게 만드는 도덕적 통제 장치를 발전시켜왔다. 거짓말에 대한 금지와 제재는 흔히 개인에 대한 도덕적 교육의 차원(아이들을 정직한 인간으로 키우자)에서 이해되지만, 더 근본적으로는—위조지폐의 단속이 화폐 가치와 통화 질서의 유지를 위한 것이듯이—말의 디폴트값을 알림과 거짓말 사이에서 알림 쪽으로 유지하여 의사소통의 유효한 매체로서 기능하게 하기 위한 사회적 장치라고 보아야 할 것이다.

27

데모스테네스와 당나귀: 호기심에 대하여

데모스테네스가 연설을 하고 있었는데, 아테네 사람들이 듣지 않고 소란을 피웠다. 데모스테네스는 연설을 중단하고서, 몇 마디만 할 테니 잠시만 조용히 해달라고 청중에게 요청했다. 그리고 다음과 같은 이야기를 들려주었다. "한 젊은이가 아테네에서 메가라로 가기 위해 당나귀를 빌렸습니다. 한낮이 되자 당나귀 몰이꾼과 청년은 모두 당나귀의 그늘에서 쉬고 싶어 했는데 자리가 부족했어요. 청년은 자신이 당나귀를 빌렸으니 당나귀 그림자에 대한 권리도 자기에게 있다고 했고, 당나귀 몰이꾼은 자기는 당나귀를 빌려주었을 뿐 그림자까지 빌려준 것은 아니라고 우겼답니다."

데모스테네스는 여기서 이야기를 마치고 단상에서 내려왔다. 사람들은 가버리려는 연설가를 붙잡고 젊은이와 당나귀 몰이꾼의 논쟁이 어떻게 끝났는지 물었다. 데모스테네스는 이렇게 대꾸했다. "당신들은 우리 도시의 중요한 문제에 대해서는 들으려 하지 않더니 당나귀 그림자가 어떻게 됐는지는 궁금해하는군요."

이야기는 인간의 호기심을 먹고 산다. 이야기는 호기심을 자극하여 사람들을 자기한테서 떠나지 못하게 붙잡아둔다. 다시 말해 사람들은 호기심을 충족시키기 위해 이야기를 끝까지 듣는 것이다. 프로프와 그레마스에 따르면 이야기는 주인공이 결핍 상태에서 충족 상태로 이행하는 과정이다. 독자의 차원에서 이야기란 호기심이 생겨났다가 충족되는 과정이라고 할 수 있을 것이다.

호기심이란 무엇인가? 모르는 것을 알고자 하는 욕망이다. 그런데 호기심이 생기기 위해서는 먼저 무엇을 모르는지 알아야 한다. 무지 자체가 아니라 무지에 대한 지가 호기심을 낳는 것이다. 하지만 모든 무지의 지가 호기심을 낳는다고 할 수는 없다. 어떤 사람은 특별히 호기심이 강해서 뭔가를 모른다는 느낌만으로도 왕성한 탐구의 의욕을 보이기도 한다. 하지만 실은 무지를 의식하면서도 아무렇지도 않게 이를 방치하고 살아가는 사람이 더 많다. 그렇다면 무엇이 무지를 참지 못하게 하는가? 무엇이 무지를 결핍으로 느끼게 하는가? 일반적으로 무지의 지가 호기심을 촉발하기 위해서는 추가적으로 다음 몇 가지 조건이 필요하다.

첫째, 사람들은 무지가 자기 바깥의 외적 조건에 의한 것이어서 이 조건만 제거된다면 즉각 무지의 상태에서 벗어날 수 있다고 기대할 때 쉽게 호기심을 느낀다. 예컨대 페로의 「푸른 수염」에서 푸른 수염의 아내는 출입이 금지된 방 안에 무엇이 있는지 모른다. 방문을 열기만 하면 바로 무엇이 있는지 알 수 있다. 무지의 상태를 지속시키는 것은 남편의 금지뿐이다. 이러한 사정이 강렬한 호기심을 불러일으킨다. 반면 사람들은 자신의 무지를 인식하더라도 이를 극복하기 위해 스스로 오랜 노력을 기울여야 한다면, 별다른 호기심을 품지 않을 수 있다. 많은 사람들에게 '문학이란 무엇인가'와 같은 질문은 호기심을 일으키지 못한다. 그들은 자신이 그 문제에 대해 제대로 대답할 수 없다는 것을 알지만, 문학에 대한 무지를 해소하려면 많은 골치 아픈 노력을 해야 한다는 것을 직감하기 때문이다(사르

트르의 책 한 권을 다 읽어도 만족스럽게 해결되지 않을 것이다).

둘째, 사람들은 무지가 해소되어 지로 전환되면 그 부분이 자기가 알고 있는 다른 지식의 퍼즐 조각과 결합하여 의미 있는 전체 상이 만들어질 것이라고 기대할 때, 즉 어떤 사건이나 인물, 혹은 어떤 대상에 대한 무지가 완전한 무지가 아니라 부분적인 무지와 부분적인 지로 이루어져 있을 때, 강한 호기심을 느낀다. 그것은 왜 우리가 어떤 이야기를 아예 듣지 않았을 때가 아니라 부분적으로 들었을 때 호기심을 느끼기 시작하는지를 설명해준다. 내가 모르는 것이 내가 아는 것과 큰 연관이 없다고 느낀다면 호기심은 잘 일어나지 않을 것이다.

셋째, 사람들은 자신이 알고 있는 지식이나 지식의 체계와 모순되는 사태나 현상에 직면했을 때 호기심을 느낀다. 수수께끼가 흥미를 끄는 것은 이 때문이다. 수수께끼는 사람들이 일반적으로 가지고 있는 세계에 대한 상식과 충돌한다. 수수께끼는 우리의 안정적 삶을 가능하게 해주는 상식의 체계를 위협하기 때문에 시급히 해소되지 않으면 안 된다. 수수께끼를 푼다는 것은 수수께끼와 상식을 화해시킨다는 것, 양자를 양립 가능하게 만든다는 것을 의미한다. 아침에 네 발로 걷다가 낮에 두 발로 걷고 저녁 때 세 발로 걷는 기괴한 괴물이 실은 우리 인간 자신임을 밝히는 오이디푸스의 작업이 바로 그런 것이다.

데모스테네스의 이야기는 특히 호기심이 발생하기 위한 첫번째 조건과 두번째 조건을 충족시킨다. 아테네 사람들이 들은 것은 청년과 당나귀 몰이꾼 사이에 분쟁이 발생하기까지의 과정으로서, 그들은 여기에 분쟁의 결과에 대한 부분만 더하면 이야기 퍼즐이 완성될 것이라고 기대한다. 당나귀 그림자를 둘러싼 분쟁에 대한 부분적인 지식(또는 부분적인 무지)은 사람들을 참을 수 없는 호기심 속에 빠뜨린다(두번째 조건). 그리고 아테네 사람들이 분쟁의 결과를 모르는 이유는 그들 자신의 이해력 부족이 아니라 데모스테네스의 침묵에 있다. 데모스테네스가 한마디만 더 해준다면 무지 상태는 당장에 해소될 수 있을 것이다. 그래서 아테네 사람들은 그를 붙잡고 이야기를 계속해달라고 요구한 것이다(첫번째 조건).

한편 지와 무지의 내용적인 측면, 즉 알아야 할 내용이 무엇이고 어떤 중요성을 지니느냐는 호기심의 크기와 별 관련이 없다. 데모스테네스는 아테네가 직면한 심각한 문제들에 관해 연설하고 있었다. 내용적인 중요성으로 보자면 아테네 사람들은 그 이야기를 계속 들려달라고 했어야 한다. 하지만 데모스테네스의 연설은 골치 아픈 숙고를 요구할 뿐이어서 사람들에게 즉각적인 무지의 해소를 약속해주지도 못했고, 사람들의 일상적 지와 의미 있게 연결되지도 않았던 것 같다. 그래서 사람들은 귀 기울이지 않고 떠들어대며 그의 연설을 방해한 것이다.

데모스테네스는 진짜 문제와 가짜 문제를 나란히 제시한다. 사람들은 진짜 문제에 대해 냉담했고, 가짜 문제에 관해 알고 싶어 했다. 이는 무엇보다도 호기심이 진짜와 가짜의 구별에 무관심하기 때문이다. 사람들은 가짜 문제라 하더라도 그것이 일정한 형식적 조건을 충족시키기만 하면 그 답을 알고 싶어 하고, 진짜 문제라 해도 그 조건에서 벗어나면 관심을 잃어버리는 것이다. 이 우화는 호기심이라는 말초적인 욕망에 끌려 정말 중요한 현실 문제에 무관심한 사람들의 태도를 비판하고 있다. 하지만 해석의 각도를 달리하면, 우리는 이 우화를 허구적 이야기에 대한 우화, 즉 허구적 이야기(가짜 문제)가 현실적 중요성이 없음에도 불구하고 사람들에게 얼마나 큰 매력을 발산하는지를 보여주는 우화로 해석할 수도 있을 것이다.

추기

당나귀의 그림자는 누가 차지했을까? 우리는 다행히 이 문제에 대한 답을 알고 있다. 데모스테네스가 중단한 이야기가 독립적이고 완결된 형태로 이솝 우화에 수록되어 있기 때문이다. 청년과 당나귀 몰이꾼이 그림자를 두고 다투는 사이에 당나귀는 달아나버렸다. 이 우화는 허상을 좇다가 실체를 놓칠 위험을 경고하고 있다. 그런데 놀랍게도 이러한 교훈은 데모스테네스가 아테네 사람들에게 전하려 한 교훈과 거의 흡사하다. 그렇다면 데모스테네스가 연설을 방해받은 뒤에 당나귀 그림자 이야기를 꺼낸 것은 우연이 아닐 것이다. 그는 이야기를 중단함으로써 사람들에게 진정 중요한 것에 관심을 가질 것을 촉구했지만, 사실은 그가 마저 하지 않은 이야기 속에도 동일한 메시지가 들어 있었던 것이다.

28

농부와 아들들:
일과 놀이

죽음을 앞둔 농부가 아들들을 불러 포도밭에 뭔가를 감춰 두었으니 다 찾아내라는 유언을 남겼다. 아들들은 아버지가 남겨준 보물을 찾기 위해 포도밭을 온통 파헤쳤지만 끝내 보물은 나오지 않았다. 그러나 포도밭이 잘 갈아엎어진 덕택에 그들은 그해 풍성한 포도 수확을 할 수 있었다.

농부는 아들들에게 농사의 비법을 전수하거나 일거리를 부과하지 않고, 대신 보물찾기 놀이를 시킨다. 아들들은 신나게 보물찾기 놀이를 했지만, 아무런 소득도 없었다. 보물찾기 놀이의 결과는 뒤늦게 나타난다. 그것은 풍성한 포도 수확의 밑거름이 된다. 그들은 보물찾기 놀이를 한 줄 알았지만, 사실은 밭일을 한 셈이었다. 농부는 절묘한 속임수로 아들들이 밭일을 놀이로 느끼게 만들었다. 농부가 좋은 포도 수확을 위해 포도밭을 충분히 갈아엎어야 한다고 말했다면, 아들들은 보물찾기를 할 때만큼 열성적으로 달려들지 않았을 것이다. 농부는 그것을 알고 있었기에 그런 속임수를 쓴 것이다.

왜 땅을 파헤치는 동일한 행위가 포도 생산을 위한 것일 때는 하기 싫은 고된 일이 되고, 보물을 찾기 위한 것일 때는 즐거운 놀이가 되는 것일까? 흔히 사람들은 하기 싫으면 일이고 하고 싶으면 놀이라고들 하지만, 이러한 손쉬운 구분은 다시 어떤 요인이 하기 싫고 하고 싶음을 결정하는가 하는 질문을 불러온다. 동일한 사람이 동일한 행위를 경우에 따라 일로 여기기도 하고 놀이로 여기기도 한다면 그 요인이 행위 자체에 있는 것이 아님은 분명하다.

모든 인간의 행위에는 목표가 있다. 인간은 어떤 목표를 이루기 위해 행위를 하는 것이다. 달리 말하면 인간이 특정한 목표를 위해 수행하는 활동의 총체를 행위라고 정의할 수 있을 것이다. 행위와 목표의 성취 사이에는 교환관계가 성립한다. 행위가 일정한 정신적, 육체적 에너지의 소모를 요구한다면, 목표의 성취는 이러한 비용에 대한 보상인 것이다. 사람들은 행위를 아예 하지 않고 목표를 포기하느냐, 아니면 행위를 하고 목표를 성취하느냐 사이에서 선택하게 되는데, 이 선택은 일차적으로 행위에 소모되는 에너지와 성취가 가져올 보상 사이의 비교를 근거로 하여 이루어진다. 목표의 가치가 소모되는 에너지를 능가할 때 사람들은 행위에 나설 것이고, 그 반대의 경우라면 행위를 하지 않을 것이다. 예컨대 밥을 눈앞에 두고도 숟가락을 들기 귀찮아서 굶어 죽은 게으름뱅이의 이야기는 이러한 논리를 파괴하기 때문에 웃음을 자아낸다. 숟가락을 드는 데 소모될 에너지를 아끼려고 그것으로 얻을 보상(생명)을 포기한다는 것은 얼마나 어처구니없는 선택인가.

행위의 선택에 영향을 주는 또 하나의 요인은 목표 실현에 이르기까지 요구되는 에너지의 절대적 양이다. 설사 목표의 성취가 행위로 인한 에너지 소모를 충분히 보상하고 남음이 있다고 하더라도, 목표를 성취하기까지 너무 오래, 너무 많이 에너지를 소모하며 참고 견뎌야 한다면, 사람들은 목표를 포기해버릴 수도 있다. 100일 동안 쑥과 마늘만 먹고 인간이 되려 했다가 중도 포기한 호랑이를 떠올려보라. 호랑이도 처음에는 100일 동안의 고난이 인간이 된다는 대가에 의해 충분히 상쇄되고도 남을 것이라고 생각했기에 그 도전에 응했을 것이다. 하지만 100일이라는 긴 시간 동안 마늘과 쑥만 먹고 버틴다는 것은 그 자체로 호랑이에게 너무 과한 짐이었던 셈이다. 목표에 이르기까지 행위에 투입해야 할 에너지가 클수록, 그리하여 목표로 가는 길이 험난하고 멀게 느껴질수록, 행위는 부담스러운 '일'이 된다.

또한 목표가 많은 에너지와 시간의 투입을 요구하는 경우, 즉 목표 성취의 시점이 상당히 멀리 떨어져 있을 경우에는 불확실성의 증가라는 추가적인 문제가 발생한다. 행위와 성취, 에너지 소모와 보상 사이의 교환은 거의 언제나 시간적 비대칭성을 특징으로 한다. 일단 행위가 이루어지고, 성취는 그 뒤에 온다. 먼저 에너지를 소모한 뒤에야 보상을 기대할 수 있다. 행위 주체의 입장에서 보면 이것은 선불 시스템이다. 이 때문에 행위와 성취의 교환에는 불확실성이 구조적으로 내재한다. 과연 목표가 실현될 것인가? 내가 기대하는 보상이 실제로 주어질 것인가? 나는 보상이 없는 헛수고를 하고 있는 것이 아닐까? 행위 주체는 이러한 의심에서 결코 자유로울 수 없다. 특히 목표가 시간적으로 멀리 떨어져 있다면 성취에 대한 믿음은 더욱더 흔들릴 수밖에 없다. 성취에 대해 확신하지 못하는 행위 주체는 현재의 수고를 쉽게 감당하지 못한다. 행위는 힘겨운 일, 고역이 된다.

그런데 예외적으로 행위와 성취 사이에 동시적 교환

관계가 성립하는 경우가 있다. 행위가 다른 목표의 수단이 아니라 그 스스로 목표가 된다면 동시 교환이 가능하다. 이때는 행위를 하는 순간이 곧 목표 실현의 순간이고, 에너지가 소모됨과 동시에 보상이 찾아온다. 이를테면 춤 같은 것이 바로 그러한 행위다. 이처럼 행위가 자기목적이 될 때, 행위가 곧 성취를 의미할 때, 그러한 행위를 놀이라고 한다.

그렇다면 일을 놀이로 만드는 비결이 있을까? 일을 놀이로까지는 못 만든다 하더라도, 일을 좀더 견딜 만하게 만드는 방법은 무엇일까? 많은 자기계발서들은 일을 작게 쪼개라고 조언한다. 그것은 곧 목표를 작게 쪼개라는 뜻이기도 하다. 이로써 행위와 성취의 교환은 작은 행위와 작은 성취의 교환들로 세분된다. 세분화의 효과는 행위 주체에게 멀리 있는 큰 성취의 전망 대신 가까운 작은 성취의 전망을 준다는 데 있다. 눈앞에 다가온 성취로 인해 그는 행위하고자 하는 강한 의욕을 느낄 것이고 그만큼 수고를 더 쉽게 견딜 수 있을 것이다. 만일 수학의 미분에서처럼 세분화를 극한까지 밀고 나갈 수만 있다면 일을 놀이로 만드는 것도 가능하다. 그렇게 되면 일이 이루어지는 모든 순간순간이 곧 성취가 될 것이기 때문이다.

농부의 트릭도 이와 유사한 원리를 따른다. 농부는 포도 수확이라는 목표 대신 보물찾기라는 가상의 목표를 제시한다. 포도 수확과 보물찾기는 완전히 상이한 성격의 목표다. 전자가 근 1년의 시간 동안 여러 단계에 걸친 고된 노동의 투입을 통해서만 성취할 수 있는 목표라면, 포도밭에 숨겨진 보물찾기는 바로 눈앞에 있는 목표로 나타난다. 보물은 운만 좋다면 단 한 번 밭을 파헤치는 것만으로도 그 모습을 드러낼 수 있기 때문이다. 그래서 농부의 아들들은 당장에 목표가 성취될 거라는 기대로 밭에 달려들었던 것이다. 그들이 수행한 모든 땅 파기 행위는 그 하나하나가 즉각적인 성취를 겨냥한다. 즉각적인 성취의 가능성이 포도밭을 파헤치게 하는 강력한 동력이 된다. 그 행위는 결국 기대와 달리 아무 보상도 가져오지 않았지만, 역설적이게도 매번 실패할 때마다 다음번 시도에 대한 기대감은 더 높아졌고, 그리하여 농부의 아들들은 점점 더 열심히 포도밭 파기에 매달렸던 것이다. 행위의 매 순간이 성취의 순간이 될 수 있다는 가능성만으로도 그들은 땅 파기의 고단함을 다 잊어버린다. 그들의 행위는 일이 아니라 놀이에 가까운 것이 된다.

추기

이른바 신석기 혁명과 함께 수렵채집 사회에서 농경 사회로의 거대한 도약이 일어난다. 전자에서 후자로의 이행을 혁명이라고 부르는 것은 두 사회의 성격이 너무나 이

질적이기 때문이다. 봄부터 몇 개월 동안 막대한 양의 노동을 투입한 끝에 겨우 가을에야 수확을 거두는 농경 생산의 모델은 수렵과 채집으로 살아가던 사람들에게는 대단히 낯선 것이었으리라. 수렵과 채집은 농사보다는 이 우화 속의 보물찾기 놀이에 더 가깝다고 할 수 있다. 그렇다면 인간은 농경 시대에 이르러 비로소 본격적으로 일하는 동물로 살아가기 시작한 셈이다.

하느님은 에덴동산에서 아담과 이브를 추방하면서 아담에게 죄의 대가를 선포한다. "너는 이마에 땀을 흘리며 흙을 파야 먹고 살 곡식을 얻으리라"(「창세기」 3장 19절). 이제 아담은 평생 일해야 먹고 살 수 있는 운명을 지게 된다. 낙원에서의 추방과 함께 일의 시대가 시작된다. 그리고 일의 시작은 곧 농경의 시작을 의미한다("여호와 하느님께서는 사람을 에덴동산에서 쫓아내셨다. 그리고 사람이 흙에서 왔으므로 그 흙을 갈아 농사를 짓게 하셨다," 「창세기」 3장 23절). 수렵채집 사회에서 농경 사회로의 거대한 역사적 진보를 가져온 신석기 혁명이 성경에서는 낙원에서의 추방으로 묘사된다. 역사에 대한 이러한 신화적 해석은 결코 터무니없는 것이 아니다. 그것은 수렵채집 사회에서 농경 사회로의 이행이 곧 놀이 세계의 종언이자 고단한 일의 세계의 시작이었음을 암시한다.

29

사람과 사튀로스:
비유의 탄생

사람과 사튀로스가 친구가 되기로 했다. 어느 추운 겨울날 사람이 손을 입에 대고 불었다. 사튀로스는 사람에게 무엇을 하는 거냐고 물었다. “손이 시려서 따뜻하게 하려는 거야.” 사람이 대답했다. 같은 날 둘이 저녁 식탁에 앉았다. 사람이 뜨거운 수프를 가까이 가져가더니 입으로 호호 불었다. 사튀로스가 무엇을 하는 거냐고 다시 물었다. “수프가 뜨거워서 식히는 거라네.” 사람이 대답했다. 그러자 사튀로스는 이렇게 말했다. “같은 입김으로 따뜻하게도 하고 차갑게도 하는 자네와는 더 이상 친구로 지낼 수 없겠네."

이 우화는 일구이언一口二言, 일구양설一口兩舌과 같은 사자성어를 연상시킨다. 한 입으로 이렇게 말했다 저렇게 말했다 하는 사람을 신뢰할 수 없다는 것이 우화의 교훈인 셈이다. 그런데 우화에 등장하는 사람이 정말로 그렇게 신뢰할 수 없는 인물인지는 확실치 않다. 우화 속의 사람은 정말로 일구이언한 것도 아니요, 신뢰하지 못할 짓을 저지른 것도 아니다. 모든 인간이 때로는 손을 따뜻하게 하기 위해, 때로는 뜨거운 음식을 식히기 위해 입김을 이용한다. 우리는 보통 그러한 사실을 인간의 도덕성에 대한 판단 근거로 삼지 않는다. 입김을 상반된 목적에 동원하는 것은 결코 수상쩍은 짓이 아니다. 그것은 다만 비유적인 방식으로 일구양설하는 인간의 이중성을 암시할 뿐이다.

우화 「사람과 사튀로스」의 핵심은 입김으로 뜨겁게도 하고 차갑게도 하는 인간의 습성을 이중적이고 신뢰할 수 없는 성격에 대한 비유로 삼은 데 있다. 사람들은 마치 입김으로 따뜻하게 하기도 하고 식히기도 하듯이 한 입으로 두말을 한다. 이것이 비유의 내용이다. 일단 우리가 이 비유를 접하고 나면 일구양설과 입김의 이중 기능 사이의 구조적 유사성이 뚜렷이 드러난다. 그러나 그런 유사성을 처음으로 발견하는 것은 쉬운 일이 아니다. 입김으로 손을 따뜻하게 하고 수프를 식히는 것과 말을 바꾸는 것은 서로 어떤 실제적 관련도 없는 동떨어진 영역의 일이므로, 사람들은 보통 두 가지 문제를 함께 생각하거나 비교할 생각을 잘 하지 못한다. 이전에 존재한 적이 없는 새로운 비유를 만들어내기 위해서는 서로 무관해 보이는 것들을 돌발적으로 결합시키는 비범한 도약이 요구되며, 그러한 도약을 가능하게 하는 것은 기존의 고정관념이나 상식에서 벗어나는 참신한 시선이다. 그러니까 새로운 비유는 (러시아 형식주의자 시클롭스키Viktor Shklovsky의 개념 구별을 차용한다면) 자기가 이미 알고 있는 세계를 '재확인'하는 자가 아니라 낯선 세계를 '지각'하는 자, 즉 세계를 처음 접하는 감각으로 느끼는 자에게서 나올 수 있는 어떤 것이다.

이 우화에서 사튀로스는 바로 그러한 비유의 창조자, 즉 비관습적이고 새로운 시선으로 세계를 관찰하는 주체로서 등장한다. 사튀로스는 본래 숲에 속한 족속으로서 인간 세계에 대해 아는 것이 없기 때문에 인간적 상식과 인습적 관념에서 완전히 자유롭고, 따라서 그의 눈에는 인간에 관한 모든 것이 신기하고 새롭게 보인다. 사람이 추운 날 손에 입김을 부는 것조차 사튀로스에게는 난생처음 보는 희한한 광경이다. 그는 인간의 행동을 외적으로 지각할 뿐, 그 행동의 의미는 전혀 알지 못한다. 아무것도 모르는 사퉈로스에게 사람은 자기로서는 너무나 당연한 상식을 전해준다. 이제 사퉈로스는 사람이 따뜻해지려고 입김을 사용한다는 놀라운 사실을 비로소 알게 된다.

우리가 특히 주목해야 할 것은 식탁 장면이다. 사퉈로스는 여기서 다시 사람이 입김을 부는 것을 본다. 만약 누군가가 뜨거운 수프에 입김을 불어대는 광경을 다른 평범한 인간이 보았다면, 그는 그것을 즉각 뜨거운 음식을 식히는 행위로 인식했을 것이고, 이를 손에 입김을 부는 행위와 연결시킬 생각은 떠오르지조차 않았을 것이다. 하지만 인간 행동에 대한 사전 지식이 없는 사퉈로스는 같은 장면을 전혀 다른 방식으로 지각한다. 사퉈로스는 사람이 이전과 동일한 행동, 즉 대상을 따뜻하게 하기 위한 행동을 하고 있다고 인식한다. 하지만 그 대상이 이미 매우 뜨거운 수프이기 때문에, 사퉈로스는 사람의 행동에 의문을 느끼고 다시 한 번 사람에게 입김을 부는 이유를 물은 것이다. 이에 사람은 사퉈로스로서는 정말 깜짝 놀랄 대답을 한다. 이번에는 수프를 식히기 위해 입김을 분다는 것이다. 동일한 행동의 의미가 정반대로 역전된다. 사람의 행동과 이에 대한 설명 사이에는 지극히 당혹스럽고 미심쩍은 모순이 존재한다. 그런데 이 모순은 인간의 상식적인 관점에서는 의식조차 될 수 없는 것이다. 왜냐하면 찬 손에 입김을 부는 행동과 뜨거운 수프에 입김을 부는 행동은 애초에 동일한 행동이 아니기 때문이다. 오직 인간의 상식을 배제한 사튀로스의 시선을 통해 볼 때만, 동일성(입김 불기)과 대립(데우기와 식히기)의 결합이라는 모순적 구조가 나타난다. 이제 입김 불기의 모순적 양면성은 자연스럽게 일구양설을 연상시키고 그것을 표현하는 감각적 상징이 된다.

사튀로스는 입김 불기를 단순한 비유나 상징으로 보는 데 그치지 않고, 일종의 오류 추론, 잘못된 유추를 통해 사람이란 도대체 신뢰할 수 없는 존재라는 결론에 도달한다. 그것은 분명 논리적이고 실제적인 관점에서 볼 때는 부당한 비약이며 무지한 사튀로스의 혼동과 착각일 따름이다. 하지만 바로 그러한 착란이 비유적 차원에서는 의미 있는 교훈을 만들어낸다. 입김을 요리조리 이용하는 인간의 모습은 상황에 따라 손쉽게 요리조리 말을 바꾸는 인간의 이중성을 대단히 절묘하게 표현해주기 때문이다. 요컨대 사람을 믿을 수 없다고 비난하는 사튀로스의 종사는 논리적으로는 근거가 부족한 부당한 판단이지만(입김 때문에 절교당한 사람은 억울하다고 느꼈을 것이다), 비유적으로는 깊은 진실성을 지닌다(아마도 그 때문에 사람은 사튀로스의 절교 선언 앞에서 말문이 막혔을 것이다).

사튀로스는 이 우화에서 비유의 창조자로서의 우화작가 자신을 대변한다. 작가는 이중적인 성격의 인간을 나타내는 비유적 형상을 창조하고, 그 형상에서 비유적 의미를 읽어내는 주체, 즉 자기 자신의 분신인 사튀로스를 나란히 제시한다. 여기에서 매우 독특한 구성의 우화가 만들어진다. 작가는 어떤 비유적 의미를 지닌 사건을 이야기하면서 독자에게 교훈을 전하는 동시에, 자신의 분신인 비인습적 관점의 소유자 사튀로스를 통해 그러한 비유가 탄생하는 과정 자체를 이야기의 일부로 제시하고 있는 것이다.

30

손버릇 나쁜 의사: 무의식적 코드와 해석

어떤 의사가 눈이 보이지 않게 된 할머니를 치료했다. 그런데 의사는 눈만 치료한 것이 아니라, 할머니가 앞을 못 보게 된 틈을 타서 할머니 집에 있는 값진 물건들을 슬쩍슬쩍 훔쳐갔다. 눈을 다 고쳤을 때, 의사는 할머니에게 치료비를 청구했다. 그러나 할머니는 의사의 요구를 거절하면서 이렇게 말했다. "내 눈이 아직 고쳐지지 않았으니 돈을 못 주겠소. 그전에 잘 보이던 물건들이 보이지 않으니……"

우리는 세계를 이해하고 세계의 의미를 인식하기 위해 세계를 향해 끊임없이 질문을 던진다. 그리고 세계는 우리가 어떤 질문을 던지느냐에 따라 다르게 응답한다. 우리는 세계를 우리 자신이 가지고 있는 질문의 틀 안에서 바라본다. 이런 점에서 우리의 세계 이해는 우리 자신의 질문이 전제하는 일정한 구조 속에 갇히게 된다. 하지만 질문 자체가 없다면 세계는 아무런 응답도 하지 않을 것이고, 우리는 세계에 대해서 아무것도 이해할 수 없을 것이다.

세계를 향한 주체의 질문은 이렇게 세계의 의미를 해독하는 열쇠가 된다는 점에서 의미 코드라고 부를 수 있다. 우리는 세계 속에 특정한 의미 코드를 투입하여 세계의 뜻을 읽어낸다. 그런데 그러한 코드 가운데는 의식적 코드와 무의식적 코드가 있다. 전자는 주체가 세계를 해석하기 위해 의식적으로 투입하는 코드이고, 후자는 무의식적으로, 다시 말해 어떤 해석적 의식의 개입 없이 거의 자동적으로 투입되는 코드다. 다음과 같은 퀴리 부인의 일화는 무의식적 코드가 어떤 식으로 작용하는지를 잘 보여준다.

고생스러운 실험을 거듭하던 퀴리 부인은 밤 동안 어떤 물질이 검출되어 있으리라는 기대를 가지고 실험실 안에 들어선다. 그런데 어떤 물질도 검출되지 않았다. 재차 같은 실험을 해본다. 다시 오랜 기다림 끝에 결과를 확인해보지만 역시 실망이다. 아무것도 나오지 않았다. 실망한 퀴리 부인은 생각한다. 실험에서 무엇이 잘못되었을까? 그러다가 갑자기 어떤 깨달음에 도달한다. 과연 실험을 통해서 아무런 물질도 검출되지 않았다고 말할 수 있을까? 실험 뒤에 물질이 검출될 것으로 기대된 자리에 아무것도 보이지 않은 것은 사실이다. 그러나 아무것도 보이지 않는다는 사실이 곧 아무것도 검출되지 않았고 따라서 아무것도 존재하지 않는다는 결론으로 이어질 수 있을까? 육안으로 보이지 않을 정도로 소량의 물질만이 검출되었던 것은 아닐까? 퀴리 부인은 결국 그 가설이 사실임을 확인한다. 이렇게 해서 퀴리 부인은 라듐의 발견자가 되었다.

실험 결과를 확인하러 들어온 퀴리 부인에게 중요한 문제는 과연 어떤 물질이 실제로 검출되었는가, 즉 어떤 물질이 거기에 있는가 하는 문제다. 이때 퀴리 부인은 존재의 코드(있음/없음) 속에서 실험 상황을 바라본다. 있음은 실험의 성공이라는 긍정적 의미를, 그리고 없음은 실험의 실패라는 부정적인 의미를 지닌다. 존재의 코드는 조마조마한 마음으로 결과를 확인하러 오는 퀴리 부인의 의식을 지배하고 있다. 퀴리 부인은 검출된 것이 있을까 없을까 마음속으로 되뇌며 실험실에 들어온다. 이런 의미에서 존재의 코드는 의식적 코드다.

그런데 이때 존재의 코드와 쌍을 이루며 그 그늘 속에 묻혀서 작용하는 코드가 있다. 그것은 현현의 코드(보임/

보이지 않음, 드러남/드러나지 않음)이다. 현현의 코드와 존재의 코드는 수단과 목적의 관계로 엮여 있다. 존재의 코드가 퀴리 부인의 진짜 관심사라면, 현현의 코드는 물질의 있고 없음을 확인하게 해주는 수단적인 가치를 지니고 있다. 만약 무언가가 눈에 보인다면 있는 것이고, 아무것도 보이지 않는다면 없는 것이다. 그런데 이러한 가설은 존재의 코드와 현현의 코드를 등가로 만든다. 보임이란 곧 있음이고 보이지 않음은 곧 없음이다.

이렇게 두 코드 사이에 등가 관계가 성립한다면, 우리는 두 코드를 동시에 의식할 필요가 없다. 그것은 사고의 경제성이 걸려 있는 문제다. 예를 들어 길에서 신호등에 파란불이 들어온 순간 운전자는 곧바로 신호등이 파란불이라고 판단할 뿐, '불이 파란빛으로 보이고(현현의 코드), 따라서 신호등은 지금 파란불이다(존재의 코드)'라고 장황하게 생각하지 않는다. 그랬다가는 (특히 한국에서) 뒤에 선 차들이 왜 빨리 출발하지 않느냐고 빵빵거릴 것이다. 일반적으로 존재의 코드와 현현의 코드가 등가로 가정되기 때문에 정말 중요한 관심사인 존재의 코드만이 의식되고 수단적 가치를 지닌 현현의 코드는 잠재화 내지 무의식화된다. 즉 우리의 지각 활동은 현현의 코드 차원에서 이루어지지만 우리는 현현의 코드를 잘 의식하지 않은 채 곧바로 존재의 코드에 따라 사태를 해석한다. 현현의 코드는 무의식적 코드다. 이 때문에 퀴리 부인 역시 자기 눈이 아무것도 보지 못했을 뿐인데도 즉각 아무런 물질도 검출되지 않았다는 결론에 이르게 되었던 것이다.

존재의 코드와 현현의 코드가 등가 관계를 유지하는 한, 현현의 코드가 이렇게 잠재화되는 것은 인식의 효율성을 제고하는 긍정적인 효과를 산출한다. 그러나 퀴리 부인의 경우는 양자가 일치하지 않았기 때문에 문제가 생겼다. 검출되어야 할 물질이 검출되지 않았다는 모순 앞에서 퀴리 부인은 존재의 코드 밑에 묻혀 있던 현현의 코드를 재발견한다. 그렇게 하여 자신이 관찰한 실험 결과를 아무 물질도 검출되지 않았다고(존재의 코드) 묘사하는 대신 아무 물질도 보이지 않았다고(현현의 코드) 묘사할 수 있게 된다. 더 나아가 이 두 가지 묘사가 동일한 의미가 아니라는 생각이 떠오른다. 퀴리 부인은 이로써 검출물이 비가시적일 가능성(있음/보이지 않음)을 생각하게 되고 그러한 검출물의 존재를 증명할 다른 방도를 강구한다. 무의식적인 코드가 의식화되면서 그것에서 벗어나 세계를 다르게 바라볼 수 있는 가능성이 생겨난다. 이처럼 세계에 대한 오해와 착오는 많은 경우 우리가 의식도 하지 않은 채 자동적으로 세계에 투입하는 의미 코드 속에 숨어 있다. 퀴리 부인의 이야기는 주인공이 무의식 속에 묻혀 있는 코드를 재발굴하고 의식화함으로써 새로운 깨달음에 도달하는 플롯 구성을 보여준다.

「손버릇 나쁜 의사」에서는 존재의 코드와 현현의 코드가 좀더 복잡한 상호 관계 속에 얽혀 있다. 이 이야기에서 의사는 눈을 치료하는 자로서 그의 활동은 현현의 코드(보임/보이지 않음) 속에서 정의된다. 눈의 치료는 현현의 코드와 존재의 코드 사이의 불일치를 전제한다. 눈에 병이 있는 할머니에게 사물은 있으나 보이지 않는다. 따라서 현현의 코드는 존재의 코드 뒤에 묻혀 있지 않고, 그 자체가 의식적인 코드로서 상황의 의미를 규정한다. 그런데 의사는 눈을 치료하는 자일 뿐만 아니라 훔치는 자이기도 하다. 치료 활동과 달리 도둑질은 존재의 코드(있음/없음)와 관련된다. 눈을 고친다는 것이 사물을 보이게 하는 행위라면, 도둑질은—도둑맞은 사람의 입장에서 볼 때—사물을 없애는 행위인 것이다. 의사는 치료를 통해 사물을 보이게 하지만 도둑질을 통해 사물을 없앤다. 할머니에게 원래 문제는 보이느냐 보이지 않느냐였지만, 일단 눈이 볼 수 있게 고쳐진 다음에는 물건이 있느냐 없느냐 하는 문제 앞에 직면한다. 할머니의 관점에서 볼 때 이야기의 중심적 문제는 현현의 코드에서 존재의 코드로 교체된다.

하지만 만일 시력을 되찾은 할머니가 의사의 도둑질을 추궁하기 위해 곧바로 존재의 코드 속에 빠져들었다면, 그리하여 단도직입적으로 "이상하게 물건들이 없어졌네.

어떻게 된 거유?" 하고 물었다면, 의사는 자기는 모르는 일이라며 펄쩍 뛰며 손쉽게 발뺌할 수 있었을 것이다. 눈병 때문에 도둑질 장면을 볼 수 없었으니까 할머니로서도 진실을 더 캐내기는 어려웠을 테고, 오히려 할머니 스스로 의사의 치료가 성공적이었다는 것만 인정하는 꼴이 되었을 것이다. 존재에 관한 질문은 할머니가 물건이 있는지 없는지 볼 수 있다는 것을 전제하기 때문이다.

이 지점에서 할머니는 놀랍게도 퀴리 부인과 마찬가지로 존재의 코드 아래 숨어 있는 현현의 코드를 드러냄으로써 의사를 궁지에 몰아넣는다. 할머니가 의사한테 물건을 도둑맞았다고 판단했다면, 그러한 판단에 이르기까지는 다음과 같은 추론 과정이 있었을 것이다.

1. 물건들이 내 눈에 보이지 않는다(현현의 코드).
2. 물건이 없어졌다(존재의 코드).
3. 의사가 물건을 훔쳤을 것이다.

위에서 살펴본 대로 일상적인 존재 판단에서 현현의 코드가 거의 무의식적으로 작용한다면, 이 추론 과정에서 의식적인 부분은 뒤의 두 명제('물건이 없어졌다. 그렇다면 의사가 그동안 물건을 훔쳤을 것이다')에 국한될 것이다. 그러나 할머니는 도둑맞아 물건이 없어진 상황을 '물건들이 내 눈에 보이지 않는다'고 묘사함으로써 현현의 코드를 의식화시키며 이 판단으로부터 '물건이 없어졌다'는 판단으로 이어지는 자동적인 추론 과정을 일단 정지시킨다.

이러한 추론의 정지가 어떤 효과를 가지는지는 명백하다. 그것은 물건이 없어진 것을 (증명하기 어려운) 의사의 도둑질과 연결시키는 대신, 의사의 치료 행위와 연결시킬 수 있게 한다. 물건이 없어졌다는 것은 도둑질의 결과일 수밖에 없지만, 물건이 보이지 않는다는 것은 실패한 치료 행위의 결과일 수 있기 때문이다.

할머니는 자기가 처한 상황에 대한 절묘한 해석자다. 창조적 해석이란 무엇인가. 일견 무관해 보이는 상이한 둘 혹은 그 이상의 요소를 서로 결합시켜서 새로운 의미를 창출해내는 작업이다. 그러한 결합은 이들 요소 사이에 숨겨진 공통의 코드를 발견함으로써 이루어진다. 눈 치료와 도둑질은 서로 무관한 행동이고 서로 다른 코드의 질서에 속해 있는 것처럼 보이지만(현현의 코드와 존재의 코드), 할머니는 도둑질도 치료와 마찬가지로 현현의 코드에 따라 정의될 수 있음을 발견한다. 눈의 치료가 보이게 하는 것이라면, 도둑질은 보이지 않게 하는 것이다. 할머니는 이러한 해석을 통해서 의사를 자기모순에 빠뜨리고(보이게 해야 할 자가 보이지 않게 한다), 도둑질에 대한 책임을 우회적인 방식으로 추궁할 수 있었던 것이다.

31

배부른 여우: 의미의 전이

배고픈 여우가 좁은 담 구멍을 비집고 농부의 포도밭에 숨어들어 실컷 포도를 먹었다. 그런데 다 먹고 난 뒤에는 배가 너무 불러서 다시 빠져나오는 것이 불가능해졌다. 여우는 농부에게 붙잡혀 죽을 운명에 빠진다.

소쉬르Ferdinand de Saussure가 간파한 것처럼 의미는 차이에서 나오지만, 차이가 언제나 의미인 것은 아니다. 어떻게 보면 세계는 무한한 차이들로 이루어져 있으나, 그 차이들 가운데 무엇이 의미 있게 되느냐는 우리가 세계에 어떤 경계선을 긋느냐에 따라서 달라진다. 사람들은 때로 이렇게 말한다. "네가 좋든 싫든 난 상관없어." 즉 너의 좋고 싫음은 나에게는 무의미하고, 결국 아무런 차이도 아니라는 것.

그러나 무의미한 차이란, 결코 완전히 무의미한 것이 아니다. 그것은 언제든지 의미 있는 차이로 전화될 가능성이 있다는 점에서 잠재적인 의미다. 어떤 사소한 우연의 작용이 그것을 엄청난 의미로 증폭시킬 수 있다. 의미는 상황의 변화에 대단히 섬세하고 예민하게 반응하기 때문이다. 무의미한, 또는 무의미해 보이는 차이를 무시하지 말 것. 그것은 추리물에 등장하는 명탐정의 수칙일 뿐만 아니라, 이솝 우화의 서술자가 되풀이하는 경고이기도 하다.

포도를 많이 먹어서 배가 불룩해진 여우를 생각해보자. 보통의 경우라면 배가 약간 들어갔느냐 나왔느냐 하는 것은 중요한 차이가 아니다. 그것은 얼마나 먹느냐에 따른 결과로서 나타나는 부수적인 현상에 지나지 않는다. 그런데 이제 좁은 담 구멍이 배 크기의 차이를 의미 있게 만드는 경계선으로 작용한다. 담 구멍을 빠져나갈 수 있을 정도의 배의 크기는 삶을 의미하고, 그것보다 더 큰 배는 죽음을 의미하는 것이다.

우리는 코언 형제의 기상천외한 영화 「허드서커 대리

인」에서도 이 같은 의미의 극적인 변화를 경험할 수 있다. 머스버거가 창문 밖으로 떨어진다. 노빌 반스가 거꾸로 떨어지는 머스버거의 다리를 가까스로 붙잡는다. 머스버거가 한숨을 돌리는데 투두둑 옷 뜯어지는 소리가 난다. 바지의 허리 부분과 다리 부분을 봉합한 자리가 몸무게를 못 이기고 떨어져나가기 시작한 것이다. 이때 그의 머릿속에 번개같이 지난 일이 떠오른다.

바로 이 바지를 맞출 때 양복쟁이가 그 부분을 두 겹으로 박겠다고 했었다. 그러나 그는 이 제안을 거부했다. "뭣 때문에 그럴 필요가 있겠나. 한 겹만 박으쇼." 아무 의미도 두지 않았던 한 겹과 두 겹의 차이가 이제는 죽느냐 사느냐의 문제로 전화된다. 그런데 머스버거가 모르는 사실은, 양복쟁이가 제멋대로 두 겹을 박았다는 것이다. "그분은 훌륭한 우리 옛 고객의 아드님이시니까 두 겹을 해드려야지……" 그는 이렇게 중얼거리며 두 겹으로 박았던 것이다. 그래서 머스버거의 바지는 더 이상 뜯어지지 않고, 그래서 그는 목숨을 건지게 되고, 반스는 그 덕에 허드서커 회사의 회장으로 추대되고, 등등……

이상의 논의를 요약하면, 이야기란 상이한 중요성을 지닌 여러 차이들의 인과적 연쇄라고 할 수 있을 것이다. 영화 「허드서커 대리인」의 이야기에서는 바지를 한 겹으로 박느냐 두 겹으로 박느냐의 차이가 삶과 죽음의 차이와 인과적으로 연결된다. 우화 속의 여우에게도 배가 홀쭉한가 불룩한가의 차이가 삶과 죽음의 차이와 인과 관계에 있다. 여우는 배가 너무 불룩해졌기 때문에 죽음을 맞이하게 된다. 이처럼 그 자체로 상이한 중요성을 지닌 차이가 인과적으로 연결되면서 의미의 중요성이 전이되는 현상이 일어난다. 전이는 중요한 차이에서 사소한 차이로의 방향을 취한다. 그래서 삶과 죽음이라는 중대한 문제가 그 자체로서는 사소한 듯이 보였던 바느질 한 겹과 두 겹 사이의 차이, 배의 홀쭉함과 불룩함의 차이가 갖는 의미를 증폭시키는 것이다.

이것은 결과의 의미가 원인에 전이되어 그 의미를 확대시키는 사례지만, 원인의 중요성이 결과로 전이되는 경우도 얼마든지 있을 수 있다. 추리물에서 살인범이 남기는 사소한 흔적이 그런 것이다. 흔적은 살인이라는 중대한 행위의 결과다. 흔적의 의미는 그것이 살인을 지시한다는 데 있다. 예컨대 TV 드라마 「형사 콜롬보」에서 콜롬보는 여객선 의무실에 떨어진 깃털(베갯속에서 나온)을 보고 환자들 가운데 범인이 있을 거라고 짐작한다. 그는 의무실에서는 환자들의 건강을 고려하여 깃털이 들어간 침구류를 사용하지 않는다는 것을 알고 있었다. 그렇다면 의무실에 떨어져 있는 깃털은 환자 중에 누군가가 다른 여객실에 다녀왔을 가능성을 암시한다. 이렇게 해서 깃털의 있고 없음이라는, 아무도 신경 쓰지 않는 사소한 차이가 콜롬보의 눈에는 의미심장하게 나타난다. 여기서 의미는 원인(살인범의 행적)으로부터 결과(깃털)로 전이되고 있다.

의미가 「배부른 여우」와 「허드서커 대리인」의 경우처럼 결과에서 원인으로 전이되든 「형사 콜롬보」의 경우처럼 원인에서 결과로 전이되든, 여기서 작용하는 원리는 모두 동일하다. 물이 높은 곳에서 낮은 곳으로 흐르듯이, 의미는 중요한 차이에서 사소한 차이로 흘러가는 법이다.

32

늑대, 엄마 염소, 새끼 염소: 언어와 현실, 또는 우화와 동화 (1)

엄마 염소가 집을 떠나면서 새끼 염소에게 누가 오더라도 "늑대와 그 족속을 모두 없애자"라는 암호를 대지 않는 한 절대 문을 열어주지 말라고 당부했다. 그런데 우연히 염소의 집을 지나가던 늑대가 그 얘기를 듣게 되었다. 엄마 염소가 집을 떠난 뒤, 늑대는 문 앞에서 부드러운 목소리로 "늑대와 그 족속을 모두 없애자"라는 암호를 말했다. 하지만 새끼 염소는 문틈으로 내다보고 수상쩍은 낌새를 눈치채고는, 늑대에게 하얀 앞발을 보여달라고 요구했다. 늑대는 앞발을 내밀지 못하고 돌아가고 말았다.

라퐁텐의 우화집에도 이와 거의 동일한 이야기가 실려 있다. 그것은 다른 많은 라퐁텐의 우화가 그러하듯이 이솝의 원작을 번안한 것이다. 그런데 번안이라고 하기에는 내용상 차이가 꽤 크지만 원작과의 관련성을 완전히 부정하기는 어려운 또 다른 이야기가 있다. 그림 형제의 동화집에 실린 유명한 이야기 「늑대와 일곱 마리 새끼 염소」가 그것이다.

그림 형제의 판본에서도 엄마 염소는 집을 떠나면서 새끼들에게 함부로 문을 열어주지 말라고 주의를 준다. 하지만 마치 암호가 새나갔던 원작의 실패를 의식하기라도 한 것처럼 엄마 염소는 인위적인 암호를 설정하지 않고 다만 늑대를 식별할 수 있는 핵심적인 두 가지 신체적 특징에 주의를 환기시킨다. 거친 목소리와 검은 앞발. 그것은 엄마 염소의 고운 목소리, 하얀 앞발과 선명한 대조를 이룬다. 특히 앞발을 정체성 확인의 기준으로 삼는 것에서 이솝 우화와의 뚜렷한 연관성이 드러난다. 그러나 이솝 우화의 늑대 앞발과 그림 동화의 늑대 앞발 사이에는 중대한 차이점이 있다. 이솝 우화에서 새끼 염소가 엄마의 지시를 넘어서는 임기응변의 능력을 발휘하여 늑대의 앞발을 보려 했다면, 그림 동화에서 새끼 염소들이 늑대의 검은 앞발을 점검한 것은 단순히 엄마의 지시에 충실히 따른 행동에 지나지 않는다.

차이는 여기서 끝나지 않는다. 늑대의 반응도 이솝의 원작과 다르다. 늑대는 목소리가 거칠다는 새끼 염소들의 지적을 듣고 분필가루를 마시고 돌아와 고운 목소리를 낸다. 다음으로 앞발이 검다는 이유로 새끼 염소들에게 다시 퇴짜를 맞았을 때도 포기하지 않고 밀가루로 앞발을 희게 칠하고 염소의 집 앞으로 돌아온다. 늑대는 그렇게 새끼 염소들을 속이고 집으로 들어가 그들을 잡아먹는다. 벽시계 속에 숨은 막내 염소만 빼고.

그림 동화에서 새끼 염소들은 자기를 지키는 데 실패한다. 그래도 구원의 실마리는 남아 있었다. 벽시계 속에 숨어 있던 막내 염소가 돌아온 엄마에게 늑대의 습격을 보고한다. 엄마는 배가 불러 쿨쿨 자고 있는 늑대를 찾아내 그 배를 갈라 여섯 마리의 새끼들을 꺼내고, 그 대신 배 속에 돌덩어리를 집어넣은 뒤 배를 다시 꿰맨다. 깨어난 늑대는 갈증을 느끼고 우물에 갔다가 돌의 무게에 몸이 쏠려 물속에 빠져 죽고 만다. 이처럼 새끼 염소들은 모두 구원받고, 악행을 저지른 늑대에 대한 복수도 완벽하게 이루어진다.

이솝 우화의 교훈은 새끼 염소의 행동을 그림 동화 속 일곱 마리 새끼 염소의 행동과 비교함으로써 선명하게 드러난다. 이솝 우화에서 새끼 염소는 그림 동화의 염소들과는 달리 엄마의 말을 곧이곧대로 따르지 않는다. 늑대는 암호를 옳게 말했으므로 새끼 염소가 늑대에게 문을 열어 주더라도 그것은 엄마와의 약속이라는 면에서만 본다면 전혀 잘못된 행동이 아니다. 하지만 그런 행동은 실제로 엄청난 재앙을 초래하고 말았을 것이다. 그것은 엄마의 지시, 엄마의 말 자체에 어떤 허점이 있기 때문이다. 우리는 말로써 현실을 장악하고 우리의 뜻대로 조종하려고 하지만, 말은 언제나 현실보다 빈곤하고 현실은 늘 말을 뛰어넘어 말에 묶여 있는 우리를 골탕 먹인다. 새끼 염소는 마치 그러한 진리를 이미 깨닫기라도 한 것처럼, 엄마의 말 혹은 엄마와 약속한 암호에 안주하지 않고, 직접 문틈으로 바깥을, 즉 현실 자체를 내다본다. 이처럼 신중하면서도 주체적인 태도가 자기 보존을 가능하게 한다.

반면 그림 동화의 새끼 염소들은 이솝의 새끼 염소와 정확히 반대되는 태도를 취한다. 그들은 엄마가 안전을 위해 지시한 모든 것을 충실하게 수행한다. 엄마가 말한 대로 거친 목소리를 듣고 늑대를 쫓아 보내고, 검은 앞발을 보고 문의 빗장을 풀지 않는다. 그런데도 그들은 늑대의 습격을 막아내지 못한다. 왜냐하면 그들은 오직 엄마의 말에만 묶여 있기 때문이다. 엄마의 말은 늑대가 분필가루를 먹고 앞발에 밀가루를 바를 경우를 예상하지 못했고, 엄마의 말 속에 전제되어 있는 '거친/고운' '검은/흰'이라는 대립은 늑대를 엄마 염소와 구별하기에는 지나치게 성긴 그물이었음이 드러난다. 늑대는 분필가루를 마시고 밀가루를 바르는 것 같은 간단한 조작으로 엄마 염소가 쳐놓은 언어의 그물을 빠져나간다. 새끼 염소들의 실패는 이 언어의 그물 너머를 볼 생각을 하지 않은 데 있다. 그래서 그들은 목소리가 거칠지 않고 앞발이 검지 않다는 이유만으로 늑대에게 문을 열어주고 늑대의 제물이 된 것이다.

요컨대 영리한 새끼 염소와 늑대에 대한 이솝의 이야기는 말과 현실의 관계에 관한 우화, 언어의 불충분성에 관한 우화, 언어에의 맹목적 추종을 경고하는 우화로 해석할 수 있을 것이다. 그림 동화 역시 스토리의 전개는 반대지만 동일한 교훈을 함축하고 있다. 언어 너머의 현실을 보는 자가 자기 보존에 성공하는 것과 언어에 맹목적인 자가 현실에 희생당하는 것은 서로 정확히 대응 관계를 이루며 동일한 논리를 뒷받침하고 있기 때문이다.

그러나 그림 동화에서 이러한 교훈적 측면은 현저히 약화되어 있다. 왜냐하면 새끼 염소들의 실패는 이야기의 최종적 결론이 아니고 구원과 복수로 종결되는 전체 서사적 진행 속의 한 계기를 이룰 뿐이기 때문이다. 그림 동화는 이솝 우화와는 달리 교훈의 전달을 목표로 하지 않는다. 그것은 이솝 우화와는 완전히 다른 서사적 모델에 따라 구축되어 있다. 동화는 「늑대와 일곱 마리 새끼 염소」에서처럼 우화적으로 해석될 수 있는 이야기를 포함하고 있지만, 동화의 부분으로 포섭된 우화는 그것이 독립적 이야기일 때와는 완전히 다른 기능을 수행한다.

따라서 동화의 서사적 모델에 익숙한 감각으로 이솝 우화를 읽는 독자는 이야기가 완성되지 못한 채 중간에서 끊어진 듯한 불만족스러운 느낌밖에는 받지 못할 것이다. 우리가 「늑대와 일곱 마리 새끼 염소」를 먼저 알고 있는 상태에서 위의 이솝 우화를 읽는다면, 이 우화는 얼마나 불완전하고 싱겁고 시시하게 느껴질 것인가? 여기에는 무시무시한 늑대의 습격과 끔찍한 희생도, 극적인 구출과 통쾌한 복수도 찾아볼 수 없다. 우화는 동화의 시작 부분을 맴돌다가 끝나버린다. 우화는 우리가 그것을 동화의 모델로 이해하지 않을 때, 즉 우화를 우화의 모델로 이해할 때만 자신의 완결성을 온전히 드러낼 것이다.

33

늑대, 엄마 염소, 새끼 염소: 언어와 현실, 또는 우화와 동화 (2)

프로프는 『민담 형태론』에서 러시아 마법 동화를 대략 31개 기능(프로프의 이론에서 기능이란 민담의 줄거리를 진전시키는 개별 행위나 사건을 의미한다)의 연쇄로 파악한다. 프로프의 플롯 도식에서 일단 처음 8개 기능만 보면 다음과 같다.

1. 가족 가운데 한 사람이 집을 떠난다.
2. 주인공에게 금계禁戒가 내려진다.
3. 금계가 위반된다.

4. 악한이 염탐을 시도한다.
5. 악한이 희생자에 대한 정보를 얻는다.
6. 악한이 희생자 또는 희생자의 소유물을 탈취하기 위해 그를 함정에 빠뜨리려고 시도한다.
7. 희생자가 기만 술책에 넘어가서 부지불식간에 악한을 돕는다.
8. 악한이 가족에게 해를 입히거나 무언가를 빼앗아간다.

프로프가 구성한 플롯은 대략 이런 식으로 31번까지 진행된다. 그것은 수많은 이야기에 적용될 수 있는 추상적 수준의 플롯이다. 8번까지의 진행만으로도 우리는 지금 논의되고 있는 그림 형제의 동화 「늑대와 일곱 마리 새끼 염소」 역시 프로프의 도식과 유사하게 진행된다는 것을 확인할 수 있다. 이 동화에서도 초반부는 가족의 일원인 엄마 염소가 집을 떠나는 것으로 시작되며, 금계가 내려지고 위반되는 것, 악한이 희생자에 대한 정보를 얻고, 속임수를 사용하여 가족에게 해를 입히는 것까지 프로프가 열거한 기능들을 대부분 포함하고 있다. 물론 기능의 순서에 사소한 차이가 있지만 대체적으로 여기까지의 줄거리는 프로프의 도식과 일치한다고 말해도 무리는 없을 것이다.

그러면 그 이후는 어떨까? 프로프의 플롯에서는 8번

이후에 악한의 만행이 알려지고 이로 인해 발생한 피해를 복구하기 위해 주인공이 모험에 나서게 된다. 결국 주인공은 과업을 이행하고, 악한이 부당하게 차지한 소유물은 제자리에 돌아오며, 악한은 응징되고 주인공은 보상을 받는다. 그레마스가 간단하게 요약한 것처럼 프로프의 플롯은 결핍의 발생에서 시작해서 결핍의 해소로 종결된다. 있어야 할 것이 상실되었다가 제자리로 돌아오는 것, 그것이 프로프가 분석한 러시아 마법 동화의 기본 도식이며 더 나아가 대부분의 민담이 따르는 서사 모델이기도 하다. 어떤 가치 있는 대상이 악한의 손에 들어가 있는 동안 세계는 균형을 잃고 불완전해진다. 하지만 악한의 만행으로 파괴된 세계의 질서는 주인공이 악한에게서 가치 대상을 다시 찾아옴으로써, 즉 결핍을 해소함으로써 복원된다. 최초의 정당한 질서가 복원될 때에야 비로소 이야기는 끝날 수 있다. 악한의 만행과 이에 따른 불행과 결핍의 발생(기능 8)은 역설적 의미를 지닌다. 그것이 아니라면 이야기는 아예 시작조차 되지 않을 것이다. 하지만 악한이 저지른 만행의 결과가 남아 있고 결핍이 해소되지 않는 한, 이야기는 결코 완성되지 못한다. 이야기는 악한과 불행, 결핍을 없애기 위해서, 그것을 필요로 한다.

이상에서 살펴본 동화적 플롯의 공식은 「늑대와 일곱 마리 새끼 염소」에도 그대로 적용된다. 늑대가 계략을 써서 새끼 염소들을 잡아먹지만, 엄마 염소는 놀라운 외과의사의 능력을 발휘하여 새끼들을 고스란히 살려내고 모든 불행의 근원인 늑대를 제거하는 데 성공한다. 이 동화는 결핍의 발생에서 해소로 이어지는 프로프의 플롯 도식을 대단히 투명하게 드러낸다. 반면 이 동화와 내용적으로 유사한 이솝 우화 「늑대, 엄마 염소, 새끼 염소」에서는 그런 것을 찾아볼 수 없다. 결핍이 발생할 뻔했지만 실제로 발생하지는 않았기 때문에 결핍을 해소하기 위한 모험도 아예 있을 수 없다. 이 우화에 프로프의 도식을 적용해본다면, 이야기는 31개 기능 가운데 고작 기능 8에서 끝나버린다. 게다가 그것은 프로프의 플롯과 내용적으로도 정반대된다. 금계는 위반되지 않고 주인공은 악한의 계략에 넘어가지 않으며 따라서 어떤 불행도, 어떤 피해도 발생하지 않는다. 프로프의 모델을 기준으로 할 때 이야기는 제대로 시작도 하지 못하고 끝나버리는 셈이다.

이렇듯 프로프의 플롯으로 이솝 우화를 기술하려고 시도한다면, 우리는 결국 불완전한 이야기 조각밖에는 얻지 못할 것이다. 하지만 이는 이솝 우화 자체가 이야기로서 불완전함을 의미하는 것은 아니다. 우리는 프로프의 동화적 플롯을 떠나 이솝 우화를 적합하게 기술할 수 있는 우화 장르 고유의 서사 모델을 구성해볼 필요가 있다. 일단 프로프의 모델을 약간 변주해본다면, 전부는 아니라 하더라도 상당히 많은 이솝 우화들을 다음과 같이 기술해볼 수 있을 것이다.

1. 악한이 주인공에게 접근한다.
2. 악한이 계략으로 주인공을 속여 넘기려 한다.
3. 주인공이 계략에 넘어가지 않는다.
4. 주인공이 악한의 진심 또는 정체를 폭로한다.

이솝 우화에서는 이와 짝을 이루는 다음 유형의 플롯도 흔히 발견된다.

1. 악한이 주인공에게 접근한다.
2. 악한이 계략으로 주인공을 속여 넘기려 한다.
3. 주인공이 계략에 넘어간다.
4. 악한이 주인공에게 피해를 입힌다.
5. (악한이 속아 넘어간 주인공을 조롱한다.)

이 글에서 다루고 있는 우화 「늑대, 엄마 염소, 새끼 염소」는 물론 첫번째 유형에 해당된다. 두번째 유형으로는 앞에서 분석한 「우물에 빠진 여우와 염소」 「병든 사자와 사슴」 등을 꼽을 수 있을 것이다. 전자든 후자든 우화의 플롯에서 이야기에 최종적 완결성을 부여하는 것은 마지막 기능이다. 악한의 속임수를 간파한 주인공의 마지막 말, 또는 속아 넘어간 주인공을 조롱하는 악한의 마지막 말 속에서 진실이 밝혀지고 교훈이 모습을 드러낸다. 두번째 유형의 경우 기능 5가 필수적인 것은 아니다. 왜냐하면 주인공이 악한에게 피해를 당하는 순간 계략 뒤에 숨어 있던 진실은 이미 드러나기 때문이다. 그러므로 기능 4에서 종결되는 우화도 없지 않다.

두번째 유형의 기능 4는 내용적으로만 보면 프로프 모델의 기능 8(악한이 가족에게 해를 입히거나 무언가를 빼앗아간다)과 거의 동일하지만 플롯 전체의 맥락 속에서 양자가 수행하는 기능은 완전히 상이하다. 프로프의 플롯에서 피해 발생이 세계의 안정적 상태에 균열을 일으키고 이로써 잃어버린 질서를 회복하려는 이야기의 운동을 촉발하는 데 반해, 우화적 플롯에서 피해 발생은 이야기를 종결시키는 기능을 수행한다. 그 차이는 어디에서 오는가? 그것은 이솝 우화의 세계상과 동화적 세계상 사이에 건널 수 없는 심연이 있음을 시사한다. 이솝 우화의 세계는 속임수와 배신과 악덕이 만연해 있는 세계다. 악한의 계략은 도처에서 삶을 위협하고 있다. 그런데 악한은 언제나 선의를 가장하고 주인공에게 접근한다. 악덕은 숨겨져 있다. 악덕이 표면화되지 않은 상태에서 이야기의 긴장이 발생한다. 그리고 이 긴장이 해소되는 것은, 주인공의 혜안을 통해서든, 주인공이 실제 피해를 입고 속아 넘어간 것을 뒤늦게 깨달아서든, 악덕이 악덕으로서 폭로될 때다. 악한의 정체가 드러날 때, 악덕을 가리고 있던 베일이 벗겨질 때 이야기는 종결된다.

이솝 우화의 목표는 세계의 진상에 대한 인식이고, 그것은 미화되지 않은 날것 그대로의 현실, 즉 이기심과 탐욕, 어리석음, 약육강식의 논리로 얼룩진 현실을 직시하는 데서 온다. 반면 동화적 플롯은 그러한 부정적 현실에 대한 인식으로 만족하지 못한다. 악덕이 판치는 현실은 불완전하고 불균형한 것이며 그런 까닭에 긴장을 촉발한다. 악한의 부당한 행위로 발생한 긴장 상태는 악한과 그의 악덕에 대한 응징을 통해 비로소 해소된다. 동화가 종결되는 것은 모든 인물들에게 합당한 몫이 돌아갈 때, 선한 주인공에게 보상이, 악한에게 징벌이 돌아갈 때다. 동화에서 세계는 기본적으로 당위와 존재가 일치하는 이상적 상태에 있다. 그것은 다만 일시적으로 교란될 수 있을 뿐이다. 이상적 질서의 일시적 교란이 긴장을 낳고 이러한 긴장은 이상적 질서가 복원될 때 비로소 해소된다. 이솝 우화에서 최종적 진실로 제시되는 것이 동화에서는 극복되고 부정되어야 할 비정상 상태, 영구적 진리와는 거리가 먼 잠정적 상태로 나타난다.

늑대와 새끼 염소에 관한 이솝 우화와 그림 동화는 우

화적 모델과 동화적 모델 사이의 대립을 극적으로 보여준다. 이솝 우화에서 새끼 염소는 문틈으로 늑대를 본다. 늑대는 염소의 관념 세계 너머에 있는 엄연한 현실이다. 주인공이 악이 존재하는 현실을 직시하는 순간 이야기는 끝난다. 그림 동화는 현실에 대해 이와 정반대되는 입장을 보여준다. 여기서 늑대라는 현실은 훨씬 더 폭력적으로 들이닥친다. 늑대는 문 밖에 머무르지 않고 집 안으로 들어와 삽시간에 새끼 염소들을 먹어치우기 때문이다. 하지만 그림 동화는 현실의 출현에서 끝날 수 없다. 늑대의 악행이 최종적으로 승인되어서는 안 되기 때문이다. 늑대는 제거되어야 하고 모든 것이 늑대가 악행을 저지르기 전의 상태로 되돌려져야 한다. 하얀 발이 엄마의 발일 거라고 믿은 순진한 새끼 염소들의 좁은 관념 너머에서 등장하여 그 관념을 파괴했던 현실은, 잠든 늑대의 배를 가르자 잡아먹혔던 새끼 염소들이 살아서 튀어나온다는 식의 비현실적이고 마술적인 설정을 통해 완벽하게 취소된다. 엄마 염소의 가위는 정당한 질서의 관념을 벗어나는 현실을 가차 없이 삭제하는 동화의 본질 자체에 대한 상징이 된다.

34

시골쥐와 서울쥐: 의미의 의미

서울쥐가 시골에 놀러왔다가 보리와 곡식밖에 먹을 것이 없는 시골의 궁핍한 생활을 조롱하며 서울에 가면 풍요로운 삶을 누릴 수 있다고 유혹했다. 그 말에 솔깃해진 시골쥐는 서울쥐를 따라갔다. 시골쥐는 서울쥐가 내주는 맛있는 음식들에 감탄하며 자신의 가난한 운명을 저주했지만, 이내 서울에서의 삶에도 대가가 따른다는 것을 깨닫게 된다. 사람들이 들어올 때마다 쥐구멍으로 숨어야 했던 것이다. 시골쥐는 서울쥐에게 이렇게 말하고 고향으로 돌아간다. "난 돌아가겠네. 가난하더라도 두려움과 의심 없이 마음 편히 살고 싶다네."

세계는 근본적으로 다의적이다. 왜냐하면 세계는 우리가 세계를 향해 어떤 질문을 던지느냐에 따라 다르게 응답하기 때문이다. 시골쥐는 서울의 삶은 풍요로운가라는 질문을 가지고 서울로 따라간다. 이 질문에 대해 서울은 그렇다는 대답을 준다. 서울은 풍요로운 곳이다. 하지만 사람이 들어와서 숨어야 했을 때 시골쥐는 서울행을 결심하기 전에 서울에 대해 생각했어야 할 또 다른 질문을 깜빡 빠뜨렸다는 것을 깨닫는다. 그 질문은 서울의 삶은 자유로운가 하는 것이다. 이 물음에 대한 서울의 답은 '아니요'다. 서울은 언제 발각되어 추방되거나 죽을지도 모른다는 불안 속에 떨며 살아야 하는 곳이다. 하지만 정작 서울에 살고 있는 서울쥐는 그러한 질문 자체를 던지지 않는다. 서울쥐에게 서울은 오직 풍요롭고 살기 좋은 곳일 뿐이다.

두 쥐는 함께 살 수 없다. 서울쥐는 서울을 풍요로운 곳으로 느끼고, 시골쥐는 서울을 불안한 곳으로 느끼기 때문이다. 시골쥐의 질문을 서울쥐는 아예 알지 못하고, 서울쥐의 질문(풍요에 대한 관심)은 시골쥐에게 그렇게 중요한 것이 아니다. 두 입장은 서로를 극복하지 못하고 병존한다. 같은 곳을 바라보는 두 시선은 평행선을 달린다. 그래서 서울쥐는 시골쥐를 서울로 데려오는 데 실패하고, 시골쥐 역시 서울쥐를 남겨둔 채 혼자 시골로 돌아간다. 서울의 두 의미, 즉 풍요롭고 살기 좋은 곳으로서의 서울과 불안해서 살 수 없는 곳으로서의 서울은 두 주체 각각의 마음속에 계속 살아 있다.

하지만 전체적으로 볼 때 이 우화는 시골쥐의 입장과 그것이 규정하는 세계의 의미에 경도되어 있다. 세계는 다의적이지만, 세계의 다양한 의미 사이에도 좋은 의미와 나쁜 의미, 바람직한 의미와 그렇지 못한 의미가 있다는 것을 우화의 서술자는 독자에게 암시하고 있다. 세계의 상이한 의미가 특정한 주체의 입장과 시선에서 유래한다면 다시 그 위에는 이 입장과 시선을 평가하는 상위의 시선이 존재하는 것이다. 그 시선은 이야기 속에서 어떻게 드러나는가?

우화의 작가는 서울쥐의 입장과 시골쥐의 입장을 동등하게 병치시키지 않고 플롯 속에서 순차적으로 배치함으로써 후자를 이야기의 최종 결론으로 만든다. 시골쥐가 서울을 방문하기까지 이야기의 전반부를 지배하는 것은 서울쥐의 입장이며 서울과 시골은 오직 풍요냐 가난이냐라는 서울쥐의 질문에 따라 그 의미가 규정될 뿐이다. 시골쥐 역시 그 입장 속에 포섭되어 서울로 따라가게 된다. 시골쥐는 서울에 가서 맛있는 음식을 맛볼 때까지도 서울의 삶에 대해 자기만의 독자적 질문을 던지지 못한다. 하지만 사람을 피해 숨어야 했을 때, 시골쥐는 풍요라는 의미가 감추고 있던 서울의 다른 의미를 발견한다. 이제 시골쥐는 서울쥐의 입장에서 이탈하여 서울을 자연스러운 삶의 가능성이 침해된 곳으로 느끼기 시작한다. 우화에서 마지막 발언, 즉 종사의 기회는 시골쥐에게 돌아간다. 서울쥐는 침묵한다. 이야기의 전반부에서 지배적으로 드러난 서울쥐의 입장은 배후로 밀려나고 시골쥐의 입장이 그 자리를 대신한다. 세계를 향한 서울쥐의 질문과 시골쥐의 질문이 대비되고, 후자가 정당한 것으로 평가된다.

서울쥐의 질문(풍요냐 궁핍이냐)과 시골쥐의 질문(정신적 자유냐 불안이냐)을 가치 평가하는 우화 서술자의 시선에는 다시 일정한 질문이 함축되어 있다. 서울쥐와 시골쥐 각각의 질문이 물질적 가치와 관련되느냐 정신적 가치와 관련되느냐 하는 질문이 그것이다. 그리고 이 질문에 내포된 정신과 물질의 가치 서열은 두 주인공의 질문과 거기서 산출된 세계의 의미 가운데 무엇이 더 중요한 가치를 지니는지를 결정한다. 여기서 문제되는 것은 질문에 대한 질문, 의미의 의미인 것이다. 물질에 대한 정신의 우선성을 요구하는 우화의 궁극적 가치 질서는 서울쥐와 시골쥐, 서울과 시골, 풍요와 자유의 대립 구도를 만들어내며 이에 따라 이야기는 후자가 전자를 극복하고 진정한 승자의 자리에 오르는 것으로 끝난다. 세계의 의미는 다의적이고 상대적이지만, 그 의미의 의미를 묻는 시선을 통해 세계는 다시 단일한 의미로 수렴된다. 의미들 사이에 중요성의 위계질서가 성립하기 때문이다. 플롯은 이 위계질서의 낮은 등급에서 더 높은 등급으로, 덜 중요한 의미에서 더 중요한 의미로 나아간다. 최종적으로 긍정되는 의미, 우화에서 종사의 자리를 차지하는 의미가 다양한 의미 사이의 경쟁에서 살아남은 진정한 의미인 것이다.

추기

이 우화를 서울쥐와 시골쥐 사이의 논쟁으로 파악한다면, 이 논쟁의 승자는 시골쥐인 것처럼 보인다. 하지만 반드시 그렇다고 할 수는 없는데, 시골쥐는 서울쥐의 입장에서 이탈한 것이지, 적극적으로 자신의 입장을 가지고 서울쥐를 설복한 것이 아니기 때문이다. 작가는 최종적 발언의 기회를 시골쥐에게 돌림으로써 시골쥐를 승자로 보이게 만드는 수사법적 전략을 사용했지만, 서울쥐의 입장이 완벽하게 부정된 것은 아니다. 서울쥐는 서울에서의 '풍요로운' 삶을 계속 이어갈 것이기 때문이다.

그렇다면 우리는 우화의 서술자에 의해 폄하된 서울쥐의 입장에 대해 좀더 자세히 생각해볼 필요가 있다. 서울과 시골 사이에는 두 가지 차이가 있다. 하나는 풍요와 궁핍의 대립이며, 다른 하나는 자유와 불안의 대립이다. 시골쥐는 서울에 갔을 때 이 두 가지 차이를 차례로 경험한다. 하지만 서울쥐가 시골에 갔을 때는 이 두 가지 차이가 똑같은 정도로 눈에 띄지 않았다. 서울쥐는 오직 풍요와 궁핍의 차이를 경험했을 뿐이다. 그는 시골이 걱정 없이 마음 편하게 살 수 있는 곳으로서 서울과 다르다는 것을 전혀 느끼지 못했다. 이런 점에서 서울쥐와 시골쥐의 타지 방문은 비대칭적이다.

서울쥐와 시골쥐 사이의 비대칭성을 어떻게 설명할 수 있을까? 서울쥐가 사람을 두려워할 필요가 없는 시골 생활의 장점을 느끼지 못한 것은, 오랫동안 사람을 피해서 숨어 다니는 삶에 익숙해져 있었기 때문이다. 그래서 그것을 결핍으로조차 인식하지 못하는 상태가 되어 있었던 것이다. 서울쥐는 역설적이게도 자신에게 적대적인 사람에 의존하며 사람과 함께 사는 삶에 적응해 있었다. 그러므로 한 번도 그러한 경험을 해본 적이 없는 시골쥐가 이런 삶을 살 수 없다고 말했을 때, 서울쥐는 시골쥐에게 떠나지 말라고 만류할 수 없었지만, 그렇다고 스스로 시골쥐처럼 느끼고 그에 따라 시골로 이사를 할 이유도 전혀 없었던 셈이다. 그렇다면 서울에서 살 수 없다는 시골쥐의 말도 진실이고, 이미 잘 적응한 삶 속에서 서울의 풍요를 계속 누리고자 하는 서울쥐의 입장도 그 자체로 타당한 것이라

할 수 있다. 그들의 입장 차이는 단순한 가치관의 차이가 아니라 존재 자체의 차이에서 유래하는 것이다.

인간의 음식을 훔쳐 먹는 쥐는 사람들이 먹이를 주어 기르는 개나 염소 같은 다른 집짐승과 구별되지만, 그럼에도 인간에 의존하는 삶에 스스로를 길들였다는 점에서 일종의 집짐승이라고 볼 수 있다. 따라서 자유로운 시골쥐의 삶을 찬양하고 서울쥐의 물질주의를 비판적으로 바라보는 이 우화는 야생 짐승과 집짐승(늑대와 개, 야생 염소와 집염소 등)을 대비시키면서 누구에게도 예속되지 않는 자유롭고 독립적인 야생의 삶을 긍정하는 다른 우화들과 연결된다. 그리고 우리는 왜 이런 유형의 우화들이 대부분 야생 짐승이 안락한 삶을 선택하라는 집짐승의 제안을 뿌리치는 데서 끝나는지도 이해할 수 있다. 그것은 예속에 길든 자들이 예속 없는 상태를 갈망하는 경우는 없다는 것을 말해준다. 자유를 누려본 자만이 자유의 가치를 안다. 시골쥐가 서울쥐를 설득해서 시골로 데려가지 않고, 늑대가 개를 설득하여 야생의 삶으로 데려가려고 시도하지 않는 것은 바로 이 때문이다.

35

「시골쥐와 서울쥐」에 대한 보론: 가치 대상과 가치 체계

이 책에서 몇 차례 언급한 것처럼, 러시아의 민담 연구가 프로프는 민담의 줄거리를 초기의 결핍 상태가 해소되는 과정으로 파악했고, 프로프의 이론을 계승한 그레마스는 욕망의 주체와 가치 대상(욕망의 대상)이 분리(상실)에서 결합(획득)으로 가는 과정을 이야기의 보편적 문법으로 제시했다.

하지만 이러한 모델은, 영웅이 납치된 공주를 구하거나 성배聖杯를 찾아오는 식의 민담이나 전설에서처럼, 단일한 가치 대상을 중심으로 축조되어 있는 이야기에서만 타당성을 지닌다. 영웅의 모험을 중심으로 하는 이야기들은 대체로 대상의 가치가 불변일 것, 더 나아가 대상에 가치를 부여하는 가치 체계가 고정되어 있을 것을 전제한다. 바흐친Mikhail Bakhtin은 고대 그리스의 모험 소설을 분석하면서, 해적들에게 납치되어 노예상에게 팔려 곳곳을 전전하던 처녀가 주인공에 의해 구출되기까지 수십 년의 세월 동안 기이하게도 젊음도 순결도 잃지 않는다는 점을 지적한다(미하일 바흐친, 「소설 속의 시간과 크로노토프의 형식」). 그것은 해적이나 노예상이 신사적이기 때문이 아니라, 불변하는 대상의 가치가 그러한 이야기의 기본 조건이기 때문이다.

하지만 가치 불변의 원칙에 입각한 가치 대상의 획득 혹은 상실이라는 이야기 모델은 「시골쥐와 서울쥐」처럼 단순한 이야기에조차 적용되지 못한다. 시골쥐는 어떤 가치 대상을 획득하는가? 혹은 어떤 가치 대상을 상실하는가? 시골쥐가 서울을 찾아온 것은 서울의 풍요를 동경했기 때문이다. 이런 점에서 서울은 하나의 가치 대상으로 간주될 수 있다. 하지만 서울이 결코 시골쥐를 만족시킬 수 없다는 사실이 곧 드러난다. 서울은 주인공에게 환멸을 안겨줄 뿐이다. 이 때문에 서울은 획득해야 할 가치 대상이 아니라 서둘러 떠나야 할 부정적 가치 대상으로 전락한다. 시골의 경우에는 이와 반대되는 일이 일어난다. 서울쥐의 서울 자랑 때문에 시골은 부정적인 곳으로 여겨졌다. 하지만 서울에서의 환멸의 경험은 시골을 다시 찾아가야 할 긍정적 가치 대상으로 전화시킨다.

중요한 것은 주체에 의해 부여된 대상의 가치가 변화한다는 사실이다. 가치가 자명하지 않기 때문에 진정한 가치 대상이 무엇인지 알아내는 것이 주인공에게 주어진 과업이 된다. 즉 주체가 대상의 가치 혹은 몰가치를 인식하는 과정이 이야기의 핵심이며, 가치 대상을 획득하기 위한 모험이 차지하는 비중은 미미하다. 시골쥐가 서울로 올라오는 길에는 어떤 모험도 없으며, 마찬가지로 시골로 돌아가는 데도 아무런 우여곡절이 없다. 그레마스 공식의 모델이 된 민담(예컨대 아름다운 공주와 결혼하는 왕자 이야기)은 이와 정반대다. 여기서 대상의 가치를 인식하는 과정은 최소화되며(왕자는 공주의 초상화를 보고 한눈에 반한다), 가치 대상을 획득하기까지의 모험이 이야기의 중심부를 이룬다(주인공은 공주와 결혼하기 위해 다양한 난관을 극복해야 한다).

이상의 논의를 바탕으로 우리는 이야기의 두 모델을 구별할 수 있다. 하나는 진정한 가치 대상이 무엇인지를 발견하는 과정에 초점을 맞춘 이야기이고, 다른 하나는 가치 대상은 자명하게 주어져 있고 그것을 획득하는 과정이 중심이 되는 이야기다. 전자가 우화 모델이라면 후자는 동화 모델이라고 부를 수 있을 것이다. 우화 모델은 가치론적인 면에서 동화 모델보다 한 차원 위에서 전개된다. 가치 대상의 가치를 규정하는 것을 가치 체계라고 한다면, 우화 모델의 주인공은 가치 체계의 혼란을 겪거나 잘못된 가치 체계 속에 갇혀 있다가 어떤 깨달음을 통해 올바른 가치 체계로 이행한다. 시골쥐는 서울쥐의 물질주의적 가치관에 현혹되었다가 결국 자기 고향의 진정한 가치를 깨닫고, 찰스 디킨스의 『크리스마스 캐럴』에서 스크루지는 과거의 영, 현재의 영, 미래의 영의 인도를 받으며 돈밖에 모르는 비정한 물질주의를 버리고 인간주의적 가치관으로 돌아선다. 우화적 이야기의 목표는 참된 가치 체계를 획득하는 것이다. 동화 모델의 종착 지점은 납치된 공주와 같이 확정된 가치 대상을 회복하는 것이지만, 우화 모델에서는 무엇이 진정한 가치 대상인지를 규정하는 가치 체계가 주인공이 궁극적으로 획득해야 할 가치 대상의 자리를 차지한다.

36

헤르메스와 테이레시아스: 패러디로서의 우화 (1)

헤르메스는 테이레시아스가 얼마나 뛰어난 예언 능력을 가지고 있는지 시험해보고자 그의 소들을 훔친 다음 인간으로 변장하고서 테이레시아스를 방문했다. 잠시 후 소가 없어졌다는 소식이 전해지자, 테이레시아스는 누가 훔쳤는지를 새들에게 물어보겠다며 헤르메스와 함께 도시 밖으로 나갔다. 그는 헤르메스에게 새를 보면 알려달라고 했다. 방금 독수리가 왼쪽에서 오른쪽으로 날아갔다는 헤르메스의 대답에 테이레시아스는 그건 이 일과 아무 상관도 없다고 대꾸했다. 이때 헤르메스의 눈에 까마귀가 고개를 하늘로 쳐들었다가 땅에 내리박았다가 하는 모습이 들어왔다. 헤르메스가 그것을 얘기해 주자 눈먼 예언자는 이렇게 말했다. "까마귀는 당신이 원하기만 하면 내가 소들을 되찾을 수 있을 거라고 하늘과 땅에 대고 맹세하고 있는 겁니다."

헤르메스는 신들의 전령으로 잘 알려져 있지만, 도둑의 신이기도 하다. 그러한 명성에 걸맞게 그는 이 우화에서 테이레시아스의 소를 훔친다. 도둑은 진실을 감추는 자다. 그 대척점에 진실을 말하는 자, 즉 예언자 테이레시아스가 있다. 테이레시아스는 소포클레스의 비극 『오이디푸스 왕』에서도 숨겨진 범죄의 진실을 드러내는 자로 등장한다. 라이오스 왕의 살해범을 찾아내고자 하는 오이디푸스는 예언자 테이레시아스를 불러온다. 테이레시아스가 오이디푸스 자신을 살해범으로 지목하며 "진실 속에 힘이 있다"고 말하자, 오이디푸스는 화를 내면서 "그렇지, 하지만 그대 속에는 아무 힘도 없다. 그대는 귀도, 마음도, 눈도 멀었으니"라며 그를 조롱하고 쫓아낸다. 오이디푸스는 눈을 뜨고 있지만 진실을 알지 못했고, 테이레시아스는 눈이 보이지 않지만 진실을 알고 있었다. 결국 모든 무서운 진실이 밝혀졌을 때 오이디푸스는 스스로의 눈을 찌른다. 진실에 이른 오이디푸스는 결국 테이레시아스처럼 눈먼 자가 된다.

'눈먼 예언자'라는 역설적 형상은 가상과 존재, 감각적이고 현상적인 차원에서의 인식과 근본적 진실에 대한 인식 사이의 균열을 상징한다. 세계는 감각적 지각의 주체에게 가상을 드러낼 뿐이다. 가상에 사로잡히지 않은 자, 그것을 넘어설 수 있는 자만이 존재를 직관할 수 있다. 테이레시아스는 눈이 멀었음에도 불구하고 진실을 아는 것이 아니라 눈이 멀었기 때문에 진실을 아는 것이다.

눈을 뜨고도 진실을 보지 못하는 오이디푸스와 눈이 멀었으나 진실을 알고 있는 테이레시아스 사이의 대립 구도는 이솝 우화에 등장하는 헤르메스와 테이레시아스의 관계 속에서도 그대로 재현되는 것처럼 보인다. 헤르메스는 새를 보지만 새가 말하는 것을 알지 못한다. 반면 테이레시아스는 새를 보지 못하나 새가 말하는 것을 이해한다. 여기서 기묘한 상보적 관계가 성립한다. 헤르메스는 테이레시아스에게 자기가 본 것을 이야기하는데, 정작 그것이 무슨 의미인지는 알지 못한다. 테이레시아스는 헤르메스의 말에서 그가 말하지 않은 것을 알아듣는다. 결국 헤르메스는 자신의 범행을 자백하는지도 모르고 자백한 셈이다. 반면 테이레시아스는 스스로 보지 못하기 때문에 헤르메스의 보고를 통해서만 진실에 접근할 수 있다. 테이레시아스는 진실에 도달하기 위해 헤르메스에게 의존한다. 여기에서 우리는 한편으로 가상은 존재를 숨기지만, 다른 한편으로 가상을 통하지 않고 존재에 이르는 길도 없다는 생각을 끌어낼 수도 있으리라.

하지만 이상의 해석은 이 우화에 등장하는 테이레시아스라는 인물의 형상을 『오이디푸스 왕』 속의 테이레시아스와 그대로 동일시하고 있다는 점에서 문제가 있다. 서사시와 비극의 세계에서 예언과 숨겨진 진실은 언제나 민족이나 영웅의 숙명과 관련되어 있으며, 예언자는 흔히 그러한 심각한 소식을 전하는 자로 나타난다. 예컨대 오이디푸스와 테이레시아스의 대결은 오이디푸스 자신뿐만 아니라 테베라는 국가 전체의 명운과 관련된 것이기에 그만큼 심각하고 급박하며 극적인 빛을 띠고 있다. 하지만 헤르메스와 테이레시아스의 대결에서는 어떤 영웅성도, 어떤 긴급성이나 심각성도 느껴지지 않는다. 그 대결이란 진짜 삶의 문제에서 촉발된 것이 아니라 예언자의 능력을 시험해보려는 헤르메스의 장난기 어린 의도에서 시작된 것으로, 일종의 게임에 지나지 않는다. 따라서 새의 행동에서 진실을 알아내는 예언자의 의미도 그렇게 진지하게만 해석할 수 있는 것은 아니다.

이러한 맥락에서 특히 흥미로운 것은 소를 누가 훔쳤는가 하는 질문에 대한 해답이 독수리가 아니라 까마귀에게서 나온다는 사실이다. 왜 예언자는 단번에 헤르메스의 장난을 폭로하지 못하고 독수리에 대한 해석을 유보한 뒤 까마귀의 몸짓에 대해 들은 뒤에야 진실을 밝히는 것일까? 아무 의미도 부여받지 못한 독수리가 이 이야기에서 수행하는 기능은 무엇인가? 헤르메스가 오른쪽으로 날아가는 독수리에 관해 보고했을 때, 테이레시아스는 그것이 지금 일과 아무 상관이 없다고 말한다. 그것은 독수리의 비행이 완전히 무의미한 것은 아니고 어떤 다른 의미를 지니고 있다는 암시로도 읽힌다. 심지어 테이레시아스는 그 의미를 알고도 일부러 말하지 않는 것 같기도 하다. 그것은 무엇일까? 이야기의 전개 속에서 아무 역할도 하지 못하고 무의미하게 지나가버린 것 같은 독수리는 이 우화를 이해하는 데 있어서 핵심적인 비밀을 담고 있다.

우리는 여기서 고대 그리스에서 새의 움직임으로 미래의 징조를 읽어내는 새점이 발달했음을 상기할 필요가 있다. 이러한 새점의 전통은 이미 호메로스의 서사시에도 그 자취를 남기고 있다. 신들은 새를 보내 미래를 암시한다. 특히 『오뒷세이아』에서 독수리는 오뒷세우스의 귀환을 알리기 위해 몇 차례나 등장한다. 예컨대 제15권에서 텔레마코스가 메넬라오스와 작별하고 이타카로 돌아가려 할 때 그의 오른편으로 독수리가 거위를 채어 날아간다. 그리고 헬레네는 텔레마코스에게 그것이 오뒷세우스가 이타카로 돌아와 구혼자들에게 복수할 것임을 알리는 신호라고 해석해준다. 어쩌면 우화 작가는 독수리를 등장시킴으로써 바로 『오뒷세이아』의 새점을 패러디적으로 인용하고 있는 것일지도 모른다. 소도둑을 잡아야 하는 상황에서 헤르메스가 가장 먼저 발견하고 이야기한 것은 서사시의 전통 속에서 장중한 영웅적 의미를 지니는 독수리의 비행이었다. 그러니 테이레시아스가 헤르메스에게 그건 이 문제와 아무 관계도 없다고 딱 잘라 면박을 준 것도 이해할 만한 일이다. 그는 바로 독수리의 날갯짓에 따르는 영웅적 의미를 상기하고, 그것이 지금의 상황에서 얼마나 부적합한 것인지를 암시하고 있는 것이다. 독수리의 비행에 대한 테이레시아스의 부정적 반응은 영웅 서사시에 등장하는 헬레네의 새점 해석에 대한 패러디인 셈이다.

더 나아가 까마귀에 대한 테이레시아스의 해석에서도 전통적 새점에 대한 패러디라고 할 수 있는 특징이 나타난다. 위에서 살펴본 헬레네의 해석은 독수리의 행위와 내용적 차원에서 유비 관계를 이룬다. 독수리는 용맹스러운 오뒷세우스를 상징하고, 독수리의 발톱에 채여 가는 거위는 오뒷세우스의 분노 앞에 무자비하게 희생될 구혼자들을 나타낸다. 즉 독수리의 비행은 예언의 핵심적 내용을 암시적으로 표현하고 있는 것이다. 반면 까마귀의 고갯짓에는 테이레시아스가 밝힌 진실의 핵심 내용이 전혀 들어 있지 않다. 테이레시아스가 까마귀의 행위 자체에서 직접 읽어 낸 것은 "이상의 사실을 하늘과 땅에 대고 맹세합니다" 정도뿐이고, '이상의 사실'이 무엇인지는 공란으로 남겨져 있다. 그것은 테이레시아스가 까마귀를 보고 도둑을 알아맞힌 것이 아님을 말해준다. 그는 눈치로 헤르메스의 속셈을 진작에 꿰뚫어보고 있었고, 까마귀의 고갯짓을 그런 자신의 생각에 그럴싸하게 갖다 붙였을 뿐이다.

영웅의 귀환을 암시하던 독수리의 날갯짓도, 신비로운 예언자의 상징이었던 까마귀의 고갯짓도 헤르메스와 테이레시아스가 서 있는 들판에서는 공허하고 무의미하기만 하다. 그런 점에서 이 우화는 새점에 깔려 있는 세계관, 즉 세계의 우연한 표징들 속에 비밀스러운 진리가 숨겨져 있다는 세계관을 부정하며, 새점의 시대착오성을 폭로하고 조롱한다. 「헤르메스와 테이레시아스」는 오랜 문학 전통 속에서 중요한 의미를 지녀온 새점과 예언의 모티브에 대한 유쾌한 패러디로서, 후서사시적이고 후비극적인 우화 장르의 특성을 보여준다.

37

협잡꾼: 패러디로서의 우화 (2)

협잡꾼이 어떤 사람에게 델포이의 신탁이 거짓임을 증명하겠다고 약속하고는, 작은 참새 한 마리를 외투 밑에 감추고 신전을 찾아갔다. 그는 신에게 자기 손 안에 있는 것이 살았는지 죽었는지 물었다. 신이 살아 있다고 말하면 참새를 죽여서 내놓고, 죽었다고 말하면 산 채로 참새를 내보일 생각이었다. 하지만 신은 협잡꾼의 간계를 꿰뚫어보고 이렇게 말했다. "이봐, 그쯤 해두지. 네가 쥐고 있는 것이 죽었느냐 살았느냐는 너 자신한테 달려 있어."

이 우화는 앞에서 다룬 「헤르메스와 테이레시아스」와 마찬가지로 신화적, 서사시적 세계에 대한 패러디다. 신탁이란 무엇인가. 아무리 벗어나려 해도 벗어날 수 없는 인간 운명에 대한 예언이며 결코 부정될 수 없는 절대 권위, 절대 진리다. 델포이의 신탁이 거짓임을 증명하겠다는 협잡꾼의 등장은 신화적 세계에서는 상상할 수 없는 일이며, 신적 권위가 이미 상당히 흔들려 있는 문화적 의식을 반영한다. 이 우화에서 또 다른 패러디적 요소는 참새의 운명을 신탁의 대상으로 만들었다는 데 있다. 신화적 세계에서 신탁은 언제나 왕가의 인물, 혹은 위대한 영웅의 운명에 관한 것이다. 그런데 협잡꾼이 신탁을 통해서 알고자 하는 것은 고작 참새가 죽느냐 사느냐 하는 문제이다. 다른 것을 떠나서, 신이 왜 내가 그런 하찮은 문제에 관해서 대꾸해야 하나 하고 어처구니없어하며 답을 주지 않은 것은 충분히 이해할 만하다.

오이디푸스의 친부 살해 및 근친상간에 대한 신탁과 참새의 운명에 대한 신탁은 주제의 무게라는 면에서 천양지차지만, 그 기본 구조는 유사하다. 신탁이 주어지면 인간은 신탁이 틀리게 되는 방향으로 행동한다. 라이오스 왕은 아들에게 살해당한다는 신탁을 듣고 아들을 죽이게 하고, 오이디푸스는 아버지를 죽일 것이라는 신탁을 듣고 아버지에게서 도망간다. 신탁이 숙명을 알린다면, 인간은 자신의 자유의지에 따라 그 숙명을 피할 수 있다고 믿는다. 협잡꾼의 계획 역시 이와 동일한 도식을 따른다. 신탁이 죽었다고 말하면 협잡꾼은 참새를 살리고, 신탁이 살아 있다고 말하면 협잡꾼은 참새를 죽일 것이다. 하지만 유사성은 여기까지다. 오이디푸스 신화의 신탁은 인간의 자유의지를 밑거름으로 하여 스스로를 실현한다. 라이오스는 친아들을 죽이려 한 바람에 아들을 낯선 자로 만들고 그에게 살해된다. 오이디푸스는 아버지를 피하려 했기에 진짜 아버지인 낯선 노인을 길에서 만나 살해한다. 자유의지는 숙명의 굴레 속에 갇혀 있다. 하지만 협잡꾼의 질문을 받은 신은 인간의 자유의지를 뒤엎을 방법이 없다. 신탁이 협잡꾼에게 제시되는 순간 협잡꾼은 그 반대 결과를 내놓을 것이다. 신은 인간의 자유의지로 인한 미결정 상태를 인정할 수밖에 없다. 신은 참새의 운명 따위는 인간의 손에 맡기겠노라는 투로 말한다. 하지만 고귀한 영웅의 운명을 알면서도 참새의 운명은 모른다는 것은 신으로서 그렇게 체면이 서는 일이 아니다.

신화적 세계 속에서 신탁은 신의 게임이었고, 인간은 그 속에서 놀아나는 말에 지나지 않았다. 그런데 「협잡꾼」 우화에서는 인간이 신에게 게임을 제안하고, 게임에서 결코 이길 수 없음을 우려한 신이 한 발짝 뒤로 물러서는 형국이 된다. 주석가들은 이 우화에 '신의 영역을 침범해서는 안 된다'고 하며 협잡꾼을 나무라는 듯한 교훈을 붙였지만, 바로 이 우화야말로 신의 영역을 침범하고, 인간의 자유의지를 승인하며, 신탁을 패러디하고 있는 것이다.

38

여주인과 하녀들:
인과 관계와 목적론적 관계

새벽에 닭이 울면 일어나 하녀들을 깨우고 들들 볶는 과부가 있었다. 견디다 못한 하녀들은 닭만 없으면 여주인은 일어나지 못할 것이고, 그러면 자기들도 편안해질 것이라고 믿고 닭을 잡아 죽였다. 그런데 여주인은 닭이 없어지자 언제 일어나야 하는지 알지 못해 불안한 나머지 오히려 더 일찍 잠에서 깨어나기 시작했다. 편해지려고 닭을 죽인 하녀들은 결국 예전보다 더 큰 고생을 하게 되었다.

이 우화는 인간의 행동이 본래 의도와는 정반대 결과를 낳을 수 있음을 보여준다는 점에서 오이디푸스 신화와 비교할 만하다. 라이오스 왕은 아들에게 죽임을 당할 것이라는 예언을 듣고 아들을 죽이도록 하며, 하녀들은 여주인이 새벽에 일어나는 원인이 닭의 울음이라고 보고 닭을 죽여버린다. 그들은 동일한 문제 해결 전략을 동원한다. 그 전략이란 어떤 문제에 봉착했을 때, 인과적 추리에 따라 문제의 원인을 찾아내고 그 원인을 없애버리는 것이다. 하지만 불행한 운명을 피하려 한 라이오스 왕과 여주인의 등쌀에서 벗어나려 한 하녀들은 도리어 스스로 원치 않았던 결과를 불러들인다. 우여곡절 끝에 살아남아 아버지와 남남 사이가 된 오이디푸스는 결국 아버지를 살해하고, 여주인은 더 일찍 일어나 하녀들을 못살게 군다.

그런데 문제의 원인을 제거하는 식의 문제 해결 전략은 왜 실패하는 것일까? 하녀들의 경우를 좀더 상세히 분석해보자. 하녀들은 다음과 같이 추리한다. 우리는 고달프다. 왜? 여주인이 일찍 일어나서 우리를 깨우기 때문에. 여주인은 왜 일찍 일어나는가? 닭이 새벽에 깨워주기 때문에. 이러한 인과 관계로부터, 그들은 닭이 없다면 여주인은 일찍 일어나지 못할 것이라고 결론 내린다. 이것은 마치 '지붕에 구멍이 나서 물이 샌다. 구멍이 없다면 물이 새지 않을 것이다'라는 추론만큼이나 그럴듯하고 자연스럽게 들린다. 하지만 결과는 그들의 계산대로 되지 않았다.

물론 닭이 울기 때문에 여주인이 새벽에 일어난 것은 분명하다. 하녀들이 생각하지 못한 것은 이 인과 관계가 '지붕의 구멍'과 '빗물' 같은 사물들 사이의 관계가 아니라는 점이었다. 인과적 고리 속에는 '여주인'이라는 주체가 있었다. 여주인이 새벽에 깨어난 것은 닭이 운 것에 대한 단순한 결과가 아니었다. 여주인은 새벽에 깨어나기 위해 닭의 울음에 의존했을 뿐이다. 깨어나는 것은 목적이고, 닭의 울음은 수단이었다. 하녀들은 닭을 죽임으로써 여주인에게서 일찍 일어날 수 있는 수단을 빼앗아갔지만, 일찍 일어나려는 여주인의 의지는 없애지 못했다. 지붕의 구멍을 막으면 들어오지 못하는 빗물과는 달리—빗물은 방 안으로 떨어지지 못하게 된 데 아무런 아쉬움도 없으며, 그저 다른 데로 흘러가면 그만이다—의지를 가진 주체는 의지 실현의 수단을 빼앗기면 다시 이에 대해 반작용을 하기 마련이다. 여주인이 보인 반응은 일찍 일어날 수 없다는 불안감이었다. 그로 인해 여주인은 잠을 잘 못 자게 된다. 하녀들은 닭을 죽인 것이 이와 같은 역반응을 불러일으키리라는 것을 미처 예상하지 못했다.

오이디푸스 신화 역시 이와 마찬가지다. 신탁을 들은 라이오스 왕은 신탁이 예언한 끔찍한 결과를 피하기 위해 아이를 내다버린다. 그런 결과의 원인이 될 수 있는 싹을 없애버리려 한 것이다. 하지만 신탁은 단순히 인과적 연쇄를 통해 결정되는 결과가 아니라, 반드시 실현되어야만 할 운명이었다. 말하자면 신의 의지 또는 목적이었던 것이다. '라이오스의 아들이 라이오스를 죽이고 어머니 이오카스타와 결혼한다'는 것을 신의 목적으로 보면, 아이를 버린 라이오스의 행동은 목적 자체는 그대로 놓아둔 채 그 목적에 도달하는 수단만 제거하려 한 꼴이었다. 하지만 신적 운명은 오이디푸스를 다시 라이오스에게 돌아오도록 만든다. 그리고 라이오스가 오이디푸스를 버린 것조차 역설적으로 신의 계획에 유리하게 이용된다. 오이디푸스는 버려졌기 때문에 라이오스가 자기 아버지인 것을 알지 못했고, 이로써 친부 살해가 발생할 수 있는 중요한 조건이 창출된 것이다. 그렇다고 라이오스가 오이디푸스를 그냥 키웠다면 비극적 운명을 피할 수 있지 않았을까 하는 생각은 부질없는 것이다. 그랬다면 신은 자신의 의지를 실현하기 위해 또 다른 수단을 강구했을 테니까.

의지를 가진 주체는 자신의 목적을 달성하기 위해 인과 관계를 조작하고 이용한다. 주체의 개입을 통해서 원인과 결과는 수단과 목적의 관계로 변화한다. 하녀들이 닭을 죽인 것도 좀더 편하게 지내려는 목적을 위한 행동이었고, 이때 '닭 때문에 여주인이 일찍 깬다'라는 인과 관계에 대한 지식이 목적을 위한 수단으로 이용되었다. 그런데 그들이 조작의 대상으로 삼은 인과 관계의 고리 속에 다시 인과 관계를 이용하는 제2의 주체, 즉 여주인이 포함되어 있었다. 여주인 역시 의지를 가진 주체로서 '닭이 울면 잠이 깬다'는 인과 관계를 이용하여 닭을 일찍 일어나기 위한 수단으로 이용하고 있었던 것이다. 하녀들의 문제 해결 전략은 바로 이 제2주체의 반작용에 의해 좌초되고 만다. 그들은 수단-목적의 관계를 단순한 원인-결과의 관계로 이해하고 조작하려 했다. 그들의 실패는 자연적 인과 관계와 인간이 개입된 목적론적 관계를 구별할 줄 몰랐다는 데서 기인한다.

39

나그네와 도끼:
웅보담의 문법 혹은 불연속성의 연속성

두 나그네가 길을 가고 있었다. 한 사람이 길에서 도끼를 발견했다. 다른 사람이 말했다. "우리 횡재했네." 그러자 도끼를 주운 사람이 대꾸했다. "내가 횡재한 거야." 그런데 도끼를 잃어버린 사람들이 쫓아와 그를 (아마도 도둑으로 보고) 궁지에 몰아넣었다. 그러자 도끼를 주운 사람이 말했다. "우리 망했다." 그의 동행이 대꾸했다. "그렇게 말하지 말게. 나 망했다고 해야지."

이솝 우화에는 갚음에 관한 이야기가 많다. 「개미와 비둘기」 이야기를 생각해보자. 어느 날 개미가 물에 빠져 허우적거린다. 그것을 본 비둘기가 이파리를 한 장 떨어뜨려 개미를 살려준다. 다른 어느 날 사냥꾼이 활로 비둘기를 겨냥한다. 이때 개미가 나타나 사냥꾼의 발을 문다. 사냥꾼은 화살을 떨어뜨리고 그사이에 비둘기는 날아간다. 「쥐와 사자」의 우화도 이와 비슷하다. 쥐가 잠자는 사자의 몸 위를 돌아다니다 사자의 잠을 깨운다. 분노한 사자에게 쥐가 은혜를 갚을 테니 목숨만 살려달라고 애원한다. 은혜를 꼭 갚겠다는 쥐의 말에 사자는 웃으며 쥐를 놓아준다. 그런데 어느 날 사자가 사냥꾼이 쳐놓은 그물에 걸려 목숨을 잃을 위험에 처한다. 이때 쥐가 붙잡힌 사자를 발견하고 이빨로 그물을 끊어 사자의 목숨을 구해준다. 우리는 이러한 종류의 이야기들을 '응보담'이라고 부를 수 있을 것이다.

「개미와 비둘기」「쥐와 사자」 같은 이야기의 대척점에 앙갚음으로서의 응보담이 있다. 「독수리와 여우」가 바로 그러한 유형에 속한다. 독수리와 여우가 친구가 되어 이웃에 살기로 한다. 독수리는 나무 위에 둥지를 틀고, 여우는 나무 밑에서 새끼를 낳고 산다. 하지만 독수리는 먹이가 떨어지자 여우가 없는 사이에 여우 새끼들을 채서 날아올라 가 자기 새끼들에게 먹인다. 돌아온 여우는 땅을 치며 독수리의 배반에 분노하지만 독수리에게 접근하지 못하고 복수를 포기한다. 그러던 어느 날 독수리는 제사를 위해 바쳐질 염소 고깃덩어리를 불붙은 채로 낚아채서 둥지로 날아간다. 둥지에 불이 붙고, 아직 날지 못하는 독수리 새끼들은 바닥으로 떨어지고 만다. 여우는 독수리 새끼들을 잡아먹음으로써 원한을 갚는다.

응보담은 주고받는 교환의 원리를 바탕으로 한다. 하지만 교환의 원리에서 곧바로 이야기가 생성될 수 있는 것은 아니다. 물건을 사고파는 것 같은 거래 행위도 교환의 원리에 따라 이루어지지만 그것 자체만으로는 이야깃거리가 될 수 없다. 거래에 있어서 줌은 받음에 대한 예상 속에서 이루어지며 그 예상이 실현됨으로써 거래는 완료된다. 거래로서의 교환은 사전에 정해진 규칙에 따라 연속적으로 진행되는 과정이다. 그런 것은 차라리 의식儀式에 가깝지, 이야기라고 할 수는 없다. 이야기는 변칙성과 예측 불가능성, 불연속성을 특징으로 한다. 응보담에서 이루어지는 교환의 과정이 바로 그러하다. 여기서 교환은 어떤 정해진 규칙이나 관습, 약속에 따라 순조롭게 진행되는 과정이 아니다. 은혜는 보답을 예정하지 않으며, 가해도 보복의 불가능성을 전제로 행해진다. 보답과 보복은 뜻밖의 놀라운 결과로서 닥쳐온다. 은혜와 보답, 가해와 보복 사이에는 단절이 있다.

「개미와 비둘기」「쥐와 사자」「독수리와 여우」는 모두 이와 같은 응보담의 문법을 따르고 있다. 세 우화에서 모두 주고받음의 교환이 일어난다. 그런데 이런 교환은 비개연적이다. 교환은 본래 대등한 관계를 요구하지만, 이들 우화에서 교환에 참여하는 당사자들의 관계는 대등하지 않기 때문이다. 한편에 강한 자가 있고, 다른 편에 약한 자가 있다. 강한 자가 약한 자에게 은혜를 베푼 데 대해 약한 자가 등가의 보답을 할 것이라고 기대하기는 어렵다. 그래서 사자는 은혜를 꼭 갚겠다는 쥐의 말을 흘려듣고, 독수리는 여우에게 원한을 사는 것에 크게 괘념치 않은 것이다. 비둘기가 개미의 보답에 큰 기대를 걸지 않았으리라는 것 또한 충분히 짐작할 만하다.

이처럼 거의 불가능해 보이는 보답 혹은 보복이 가능해지려면, 어떤 새로운 상황이 초래되어 강자와 약자의 자리가 뒤바뀌어야 한다. 위의 세 우화에서 모두 이와 같은 상황 변화와 관계의 전도가 일어난다. 비둘기는 사냥꾼을 눈치채지 못하는데, 마침 개미가 그 상황을 파악할 수 있는 위치에 선다. 사자는 그물에 걸려 옴짝달싹 못 하게 되지만, 쥐는 그물을 해체할 수 있다. 독수리는 둥지에 불을 내서 결국 무력한 새끼들을 여우의 코앞에 갖다바치는 꼴이 된다. 최초의 상황에서 약자였던 개미, 쥐, 여우는 새로운 상황이 만들어준 기회를 놓치지 않고 은혜를, 혹은 원수를 갚는다.

요컨대 이솝 우화의 응보담들은 두 개의 상황으로 구성된다. 첫번째 상황은 '줌'의 상황으로서, 은혜가 주어지거나 가해 행위가 이루어진다. 두번째 상황에서는 은혜를 받은 자가 보답하거나 피해자가 보복한다. 그것은 '갚음'의 상황이다. 응보담 전체를 하나의 이야기로 볼 때 두 상황은 각각 이야기를 시작시키는 기능과 이야기를 마무리하는 기능을 수행한다. 즉 첫번째 상황은 발단의 상황이고 두번째 상황은 종결의 상황인 것이다. 그런 의미에서 양자는 함께 이야기의 연속적 흐름을 이룬다.

하지만 두 상황 사이에는 엄청난 단절이 있다. 이미 살펴본 것처럼 두번째 상황은 첫번째 상황의 완전한 전도다. 두번째 상황에서는 강자가 약자가 되고 약자가 강자가 된다. 은혜가 보답으로, 가해가 보복으로 이어지기 위해서는 첫번째 상황이 중단되고 그것의 전도된 형태인 두번째 상황이 시작되지 않으면 안 된다. 역설적이게도 상황의 단절이 이야기 전체의 연속성을 창출한다.

따라서 응보담의 구성에서 관건은 어떻게 최초의 상황을 전도시키는 새로운 상황을 만들어내느냐 하는 데 있다. 어떤 상황에서 강자가 무력해지고 약자가 우위를 점할 수 있을 것인가? 위의 세 우화에서 작가는 여러 가지 우연적 조건들을 새로 도입함으로써 이 문제를 해결한다. 「개미와 비둘기」에서는 활로 비둘기를 노리는 사냥꾼을 등장시키고, 그 상황 속에 개미를 던져 넣는다. 「쥐와 사자」에서는 사자가 그물 덫에 걸리게 하고 역시 그 상황 속에 쥐를 투입한다. 그리고 「독수리와 여우」에서는 독수리 둥지 근처에서 제사가 벌어지게 하고 독수리가 제사에 바쳐진 불타는 염소 고기를 물고 둥지로 날아가게 한다. 이처럼 여러 가지 조건들이 때마침 함께 작용함으로써 보답이나 보복이 이루어질 수 있는 새로운 상황이 조성되는 것이다.

그러면 우화 「나그네와 도끼」 역시 응보담이라고 할 수 있을까? 이 우화의 주인공은 도끼를 독차지하려는 욕심과 인색함으로 인해 어려운 상황에 빠졌을 때 동행자에게서 버림받는다. 주인공은 동행자와 행운을 나누기를 거부하고, 동행자는 이에 대응하여 주인공과 곤경을 함께 헤쳐가기를 거부한다. 이로써 거부가 거부로 되갚아지는 부정적 의미의 교환 과정이 완성된다. 하지만 이 우화에서 거부와 거부의 교환은 동일한 상황 속에서 일어나는 연속적 과정이 아니다. 다른 응보담에서와 마찬가지로 「나그네와 도끼」에서도 교환 과정은 예측 가능한 방식으로 전개되지 않는다. 교환 과정이 완결되는 데는 역시 예기치 않은 상황 변화가 결정적인 역할을 한다.

먼저 최초의 상황을 살펴보자. 여기서 강자는 도끼를 먼저 발견하고 손에 쥔 주인공이다. 그는 동행자에게 행운을 나누어줄 수도 있고 그러지 않을 수도 있는 권력을 가지고 있다. 반면 동행자는 주인공의 결정을 받아들일 수밖에 없는 약자의 위치에 있다. 약한 위치에 있는 동행자는 '우리'를 강조함으로써 주인공이 선점한 뜻밖의 행운을 함께 나누어 받고자 하지만, 주인공은 '나'를 내세우며 동행자의 암묵적 요청을 거절한다. 동행자에게는 바로 그 자리에서 주인공의 거절에 맞서 반격할 수 있는 무기가 없다. 그리하여 최초의 상황은 주인공의 거절로 일단락된다. 주인공의 거절에 대해 동행자가 또 다른 거절로 반격하기 위해서는, 그리하여 거절과 거절의 교환 과정이 완성되기 위해서는, 이러한 힘의 관계를 역전시키는 새로운 상황이 발생하지 않으면 안 된다. 뜻밖에 도끼의 진짜 주인들이 뒤쫓아옴으로써, 그러한 조건이 마련된다.

도끼 주인들의 등장으로 조성된 두번째 상황에서 주인공은 바로 손에 들고 있는 도끼로 인해 곤경에 빠진다. 그는 여러 명의 사람들에게 도끼 도둑으로 몰리며 꼼짝할 수 없는 처지가 된다. 이제 약자가 된 주인공은 '우리'를 이야기하면서 동행자에게 힘을 보태줄 것을 암묵적으로 요청한다. 이제 강자는 오히려 동행자다. 그는 주인공에게 도움을 줄 수도 있고 거절할 수도 있는 입장이 된다. 동행자는 주인공이 첫번째 상황에서 말한 '나'를 주인공 자신에게 돌려주며 그의 요청을 거절한다.

이상의 분석이 보여주듯이 「나그네와 도끼」는 상황의 단절과 전도를 통한 교환의 실현이라는 응보담의 문법을 투명하게 보여준다. 첫번째 상황에서의 강자와 약자가 두번째 상황에서 자리를 바꾸고, 그 결과 첫번째 상황에서 거절한 자가 두번째 상황에서 거절당한다. 상반된 두 상황은 '우리'와 '나'의 대립, '횡재하다'와 '망하다'의 대립으로 이루어진 절묘한 대칭적 구성을 만들어낸다. 두 대립쌍의 조합에서 네 개의 문장이 나오고(우리 횡재했다, 나 횡재했다, 우리 망했다, 나 망했다), 이 네 개의 문장이 두 인물의 두 차례의 대화에 하나씩 배치된다. 이로써 상황의 전도에 따른 두 인물의 입장 전도가 대단히 경제적이고 간명한 방식으로 표현된다.

그렇다면 「나그네와 도끼」 우화에서 '갚음'을 가능하게 하는 상황의 전도는 어떻게 일어나는가? 「나그네와 도끼」의 분석에 앞서 살펴본 세 편의 응보담에서 두번째 상황은 첫번째 상황과 전혀 무관한 새로운 조건을 통해서 발생한다. 두 상황은 각각 완전히 별개의 상황이고, 새로운 상황의 발생과 함께 강자와 약자의 자리바꿈이 일어나는 것은 기막힌 우연 덕택이다. 하지만 「나그네와 도끼」의 우화에서는 두 상황이 훨씬 더 긴밀하게 연결되어 있다. 첫번째 상황이 발생한 것은 누군가가 도끼를 잃어버렸기 때문이며, 두번째 상황은 바로 그 사람들이 도끼를 되찾으려

한 데서 촉발된다. 첫번째 상황의 중단과 두번째 상황의 발생은 활을 든 사냥꾼이나 그물 덫과 같은 새로운 조건에 의해서가 아니라, 이야기에 처음부터 주어져 있던 초기 조건의 전개를 통해(도끼를 잃어버린 사람은 당연히 도끼를 되찾으려 할 것이다) 초래된다. 길에서 발견된 도끼의 배후에 잠복해 있던 도끼 주인들이 표면에 모습을 드러냄으로써 행운은 졸지에 곤경이 되고, 강자는 약자로 전락하며, 약자가 강자의 위치에 서게 되는 것이다.

요컨대 두 나그네 사이의 주고받음에 관해 이야기하는 우화 「나그네와 도끼」의 바탕에는 도끼를 잃어버렸다가 되찾는 사람들의 이야기가 깔려 있다. 이러한 배경 이야기가 전개되는 과정에서 대조적인 두 개의 상황이 차례로 발생한다. 배경 이야기의 연속적 진행이 두 인물이 처해 있는 상황에 단절과 역전을 가져온다. 그리고 상황의 단절과 역전은 첫번째 상황에서 더 이상 진행되지 못하고 멈추어 있던 교환 과정을 완성시킨다. 주인공에게 거절당한 뒤 불만을 누르고 있던 동행자가 상황의 전도를 통해 주인공의 요청을 거절할 수 있는 기회를 얻기 때문이다. 배경 이야기의 연속성은 상황의 단절을 낳고, 상황의 단절은 다시 교환 과정의 연속성을 만들어낸다.

이야기는 흔히 인과적 관계에 따라 결합되어 있는 사건들의 연속체로 정의되곤 한다. 하지만 '왕이 중병에 걸렸다. 그래서 결국 죽었다'와 같이 단선적이고 평면적인 인과적 연속체는 정보를 제공하는 소식은 될 수 있을지언정, 이야기라고 하기에는 부족함이 있다. 이야기는 정보적 가치를 지니지 않더라도 사람들이 그것 자체로서 감상하며 흥미롭게 느낄 수 있는 어떤 구성적 복합성을 지녀야 한다. 우리가 지금까지 응보담을 분석하면서 발견한 불연속성과 연속성의 역설적 결합은 그러한 구성적 복합성에 대한 하나의 모델, 또는 패러다임이라고 할 수 있다. 여러 응보담 중에서도 「나그네와 도끼」는 특별한 가치를 지닌다. 불과 몇 줄에 불과한 이 짧은 이야기 속에는 연속성이 불연속성을 낳고 불연속성에서 다시 새로운 연속성이 발생하는 삼중의 서사적 과정이 담겨 있다. 그것은 독자에게 이야기의 본질인 역설적 서사의 원리를 농축액의 형태로 음미하게 해준다.

40

날개 잘린 독수리와 여우: 교훈의 해체

어떤 사람이 독수리를 잡아서는 날개를 잘라 다른 가금류의 새들과 함께 뜰에 풀어놓았다. 처량한 신세가 된 독수리를 다른 사람이 사서 이번에는 날개를 붙여주고 몰약을 발라 다시 날 수 있게 해주었다. 독수리는 토끼를 낚아채어 새 주인에게 바쳤다. 이를 본 여우가 말했다. "토끼를 먼젓번 주인에게 바쳤어야지. 지금 주인은 마음씨가 착하니까, 날개를 다시 잘리는 일이 없으려면 먼젓번 주인에게 잘 보여야 하는 걸세."

이 우화는 여우의 종사가 아니었다면 알기 쉽고 단순한 응보담이 되었을 것이다. 착한 주인은 독수리를 치료해 주고 독수리는 이에 대한 감사의 마음으로 토끼를 잡아다 바친다. 인간은 곤경에 빠진 동물을 구하고, 동물은 인간이 베푼 은혜에 보답한다. 얼마나 아름다운 이야기인가. 그런데 마지막 순간에 난데없이 여우가 나타나 산통을 깨뜨린다. 여우는 은혜를 베푼 자에게 보답할 필요가 없으며 오히려 악행을 저지른 자에게 아부하라고 말한다. 너무나 냉소적이고 사악해 보이기까지 하는 여우의 종사가 이 우화의 최종 결론일까? 우화의 주석자들은 다음과 같이 우화의 교훈을 정리한다. "이 이야기가 말해주는 것은 은인에게는 아낌없이 보답하되 사악한 자는 멀리하는 것이 현명하다는 것이다." 물론 여우의 종사가 없다면 이 우화에 관해 충분히 그렇게 이야기할 수 있을 것이다. 하지만 여우는 바로 그 반대를 주장하고 있지 않은가? 사악한 자에게 친절하게 굴어 화를 피하고 선한 은인에게는 무관심해도 상관없다고 말하고 있지 않은가? 응보담의 교훈에 정면으로 배치되는 종사를 집어넣은 우화 작가의 의도는 무엇일까?

응보담은 은혜와 보답의 상응 관계를 근간으로 구성된다. 은혜를 베푸는 자와 그에 보답하는 자 사이에는 일종의 교환 관계가 성립한다. 은혜를 베풀면 그것이 언젠가 보답으로 돌아온다는 것이 응보담의 메시지이며, 그 기저에 깔려 있는 것은 교환의 사상이다. 주었으면 돌려받는다는 것, 혹은 받았으면 돌려주어야 한다는 것. 그러나 이와 동시에 응보담에는 반교환의 사상도 들어 있다. 은혜를 베푸는 것은 어떤 보답에 대한 기대 때문이어서는 안 된다. 은혜는 순수한 선의의 표출이어야 하고, 어떤 반대급부에 대한 기대와 연결되어 있지 않은, 그 자체로서 완결된 행동이어야 한다는 것이다. 만일 새로운 주인이 토끼 사냥에 이용할 수 있다는 기대로 독수리의 날개를 고쳐준 것이라면, 이 우화는 영리한 계산에 관한 이야기가 될지언정 응보담은 아닐 것이다. 그러한 행동은 주인의 선함을 전혀 증명해주지 못한다. 마찬가지로 은혜에 대한 보답 역시 은혜를 베푼 자가 가질 교환에 대한 기대에 부응하기 위한 것이 아니며, 순수한 감사의 마음을 표현하는 것이어야 한다. 「쥐와 사자」「개미와 비둘기」의 우화에서 볼 수 있듯이 전형적인 응보담에서 보답은 전혀 기대치 않은 순간에 놀라운 방식으로 이루어진다.

요컨대, 응보담의 논리는 그것을 모르거나 전혀 의식하지 않는 주인공들의 행동에 의해 성립한다. 역으로 말하면 은혜를 베풀면 언젠가 보답을 받는다는 응보담의 교훈은 정작 응보담 주인공들의 행동에는 영향을 미치지 못한다는 것이다. 따라서 그것은 엄밀한 의미에서 교훈이 될 수 없다. 본래 우화의 교훈은 우화를 듣는 사람에게 행동의 도덕적 준칙이 되어야 한다. 하지만 응보담이 함축하는 교환의 원리(은혜를 베풀면 보답을 받는다)를 행동의 지침으로 삼는 순간, 우화의 독자는 응보담 속에 등장하는 모범적 인물의 도덕성을 본받을 수 없게 된다. 응보담의 교훈에 자극받아 선행을 하려는 독자는 제비 새끼를 구해주어 부자가 된 흥부를 보고 자기도 제비를 구하려 한 놀부와 크게 다르지 않은 입장에 빠지게 된다.

응보담은 한편으로 교환적 사고를 부정하면서 다른 한편으로 교환적 사고를 장려한다. 응보담의 모순은 보답을 기대하지 않는 선행을 장려하기 위해 보답에 대한 기대를 불러일으킨다는 데 있다. 여우의 종사는 바로 이러한 모순을 날카롭게 파고들어 응보담을 철저하게 해체한다. 여우는 한편으로 응보담에 함축된 교환의 원리를 극단적으로 밀고 나가면서, 독수리에게 보상을 기대할 수 있는 방향으로 행동할 것을 요구한다. 그에 따르면 독수리가 토끼를 선물함으로써 뭔가를 기대할 수 있는 사람은 독수리를 구해준 두번째 주인이 아니라, 날개를 자른 첫번째 주인이다. 날개의 효용이 증명된다면 사악한 원래 주인도 다시 날개를 자르는 짓은 하지 않을 것이기 때문이다.

반면 아무런 조건 없이 날개를 고쳐준 현재의 주인은 교환의 원리에 무관심하기에 그에게 선물을 주는 것은 아무런 효과도 없다. 착한 주인을 교환 관계 속에 끌어들일 필요가 없다는 여우의 주장은 응보담의 반교환적 논리를 극단화한 것이다. 응보담은 보답을 전혀 기대하지 않는 주인공의 절대적 선의를 요구한다. 그러한 선의는 교환의 원리를 초월하며 교환 과정 속의 한 계기가 될 수 없다. 따라서 철저한 교환적 사고 속에서 착한 주인은 독수리의 보답을 받을 필요가 없는 상대로 나타난다.

여우는 응보담 속에 착종되어 있는 교환과 반교환의 원리를 각자의 방향으로 극단화하여 아무 보답도 받지 못하는 선행과 보답 받는 악행이라는 기괴한 결론을 도출해낸다. 우화가 도덕적 교훈담이라면, 이처럼 우화를 해체하여 반도덕적 '교훈'을 만들어내는 우화도 우화라고 할 수 있을까?

참고 도서

이 목록에는 참고한 『이솝 우화』의 몇 가지 번역본 외에 글 속에서 다루어지거나 언급된 작품과 저서, 그 외에 이 책에 표명된 생각과 깊은 관련성이 있는 저서가 포함되어 있다.

작품

이솝, 『이솝 우화집』, 유종호 옮김, 민음사, 2003.

———, 『이솝 우화』, 천병희 옮김, 도서출판 숲, 2013.

Aesop, *Aesop's Fables*, New York: Penguin Classics, 2011.

Äsop, *Fabeln*, Rainer Nickel(ed.), Düsseldorf/Zürich: Artemis & Winkler, 2005.

그림 형제, 『그림 메르헨』, 니콜라우스 하이델바흐 그림, 김서정 옮김, 문학과지성사, 2007.

라퐁텐, 장 드, 『라 퐁텐 그림우화』, 박명숙 옮김, 시공사, 2004.

셰익스피어, 윌리엄, 『리어왕 · 맥베스』, 이미영 옮김, 을유문화사, 2008.

소포클레스, 『소포클레스 비극 전집』, 천병희 옮김, 도서출판 숲, 2008.

오호선, 『혹부리 영감과 도깨비』, 윤미숙 그림, 길벗어린이, 2014.

페로, 샤를, 『페로 동화집』, 이경의 옮김, 지만지, 2012.

플레이북 편집부 엮음, 『세상에서 가장 재미있는 일본 전래동화』, 플레이북, 2013(ebook).

호메로스, 『오뒷세이아』, 천병희 옮김, 도서출판 숲, 2015.

———, 『일리아스』, 천병희 옮김, 도서출판 숲, 2015.

연구서

그레마스, 알지르다스 J., 『의미에 관하여』, 김성도 옮김, 인간사랑, 1997.

김태환, 『푸른 장미를 찾아서』, 문학과지성사, 2001.

———, 『문학의 질서』, 문학과지성사, 2007.

다윈, 찰스, 『종의 기원』, 김관선 옮김, 한길사, 2014.

다이아몬드, 재레드, 『총, 균, 쇠』, 김진준 옮김, 문학사상사, 2005.

바흐친, 미하일, 『장편소설과 민중언어』, 전승희 옮김, 창비, 1998.

소쉬르, 페르디낭 드, 『일반언어학 강의』, 민음사, 2006.

아리스토텔레스, 『시학』, 천병희 옮김, 문예출판사, 2002.

전중환, 『오래된 연장통』, 사이언스북스, 2010.

지라르, 르네, 『낭만적 거짓과 소설적 진실』, 김치수 · 송의경 옮김, 한길사, 2001.

토도로프, 츠베탕 엮음, 『러시아 형식주의』, 이화여자대학교출판문화원, 1988.

프로프, 블라디미르, 『민담형태론』, 어건주 옮김, 지만지, 2013.

호로비츠, 알렉산드라, 『개의 사생활』, 구세희 외 옮김, 21세기북스, 2011.

Genette, Gérard, *Narrative Discourse: An Essay in Method*, New York: Cornell University Press, 1980.

Greimas, Algirdas Julien, *Sémantique structurale: Recherche de méthode*, Paris: Larousse, 1966.

———, *Du Sens II: Essais sémiotiques*, Paris: Seuil, 1983.

Kim, Taehwan, *Vom Aktantenmodell zur Semiotik der Leidenschaften*, Tübingen: Narr, 2002.

Stanzel, Franz K., *Theorie des Erzählens*, Göttingen: Vandenhoeck & Ruprecht, 1979.

에필로그

1989년쯤이었을 것이다. 소설 이론과 서사학에 비상한 관심을 가지고 공부를 시작하던 시절, 당시 국내에 처음으로 번역 소개된 미하일 바흐친의 저서 『도스토옙스키 시학의 제문제』를 읽었다. 바흐친에 따르면 도스토옙스키의 주인공은 마치 작가가 자신에 관해 무슨 말을 하고 있는지 듣고 있기라도 하듯이, 자신에 대해 작가가 내린 정의를 반박하고 여기서 벗어나려는 자의식을 드러낸다. 이 때문에 작가는 자신의 창조물인 주인공을 완전히 규정하지 못한다. 그러한 도스토옙스키 소설을 특징짓는 개념이 바로 다성악이다. 다성악적 소설은 작가의 목소리와 주인공의 목소리를 다성적 악곡 속의 여러 멜로디처럼 대등하게 경쟁시킨다. 나는 도스토옙스키 소설에 대한 바흐친의 논의를 읽으며 유명한 이솝 우화 중 하나인 「여우와 신 포도」를 떠올렸다. 여우는 마치 작가가 자신을 내려다보면서 '아주 맛있는 포도가 열려 있는데 그걸 못 먹고 있네?' 하고 약 올리는 소리를 듣고 이에 반발이라도 하려는 듯이 "저 포도는 실 거야"라고 중얼거린 것이다. 잘 익은 포도를 여우가 따 먹으려 했다는 서술자의 목소리와 포도가 실 것이라는 여우의 목소리가 충돌한다는 데 이 이야기의 본질이 있었고, 그런 의미에서 그것은 이미 독백적 사고를 부정하는 다성악적 텍스트였다. 바흐친이 19세기 전지적 작가 시점의 전통에 반기를 든 대혁신이자 독창적인 형식으로 규정한 다성악적 소설이 그 단순한 교훈담 속에 초보적 형태로나마 구현되어 있었던 것이다. 따라서 다성악과 대화성의 이념은 바흐친이나 그에게 영향받은 프랑스 후기 구조주의자들이 생각하는 것보다 훨씬 더 보편적인 의미를 지니는 현상이라고 생각되었다.

이러한 인식은 이야기란 언제나 스스로 이야기할 수 있는 자에 대한 이야기라는 것, 이야기의 주인공이란 서술자가 이야기해야 할 대상인 동시에 스스로 이야기하고자 하는 주체이기도 하다는 것, 그리하여 서술자의 목소리와 주인공의 목소리 사이의 어긋남과 긴장이 모든 이야기의 본질이라는 것, 등등의 생각으로 이어져갔다. 이솝 우화와 얽힌 이론적 인식의 진전과 발견의 경험은 현대적이고 복합적인 서사 형식에 대한 이론적 인식도 결국은 가장 원초적인 형태의 단순한 이야기로 소급 적용할 수 있다는 생각으로 이어졌다. 나에게 미하일 바흐친의 『도스토옙스키 시학의 제문제』과 블라디미르 프로프의 『민담 형태론』은 별개의 이론이 아니었다. 민담의 이론을 통해 소설을 이해하고, 소설의 이론에서 역으로 민담의 본질에 다가갈 수 있으리라 믿었다. 이후 소설에서의 서술 시점에 대한 연구를 진행하면서도 나는 늘 어린 시절에 읽었던 이솝 우화 또는 그림 동화의 세계로 돌아가곤 했다.

2000년, 문학과지성사 홈페이지에 '이야기 담론'이라는 코너를 연재하게 되었다. 나는 웹사이트가 허용하는 짧은 글의 형식 속에서 이솝 우화와 같은 단순한 이야기를 사례로 하여 난해한 구조주의적 서사학과 기호학의 기본 개념들을 간략하고 명료하게 설명하고자 했다. 하지만 이런저런 사정으로 연재는 생각만큼 오래가지 못했고, 어떤 완성에 이르렀다고 할 수 없는 상태에서—정확히 기억이 나지는 않지만—20회 정도로 중단되고 말았다. 남은 것은 불과 원고지 200여 매 분량의 글뿐이었다. 연재가 끝난 후로도 유사한 형식의 글을 몇 편 더 써서 원고의 분량이 좀 더 늘어나기는 했지만, 그 글들이 한 권의 책으로 엮일 만한 필연성이 있느냐 하는 물음 앞에서 잘 대답을 할 수 없었다. 이미 연재하는 과정에서 이야기는 여러 가지 방향으로 흘러가고 있었고, 뚜렷한 방향을 상실했다는 느낌이 연재를 중단하게 된 근본적 이유이기도 했다. 이야기 담론 프로젝트는 그렇게 표류하다가 빈사 상태에 이르고 말았다.

2014년 초였을까. 우연히 '이솝 우화' 영역본을 뒤적거리다가, 거기서 예전에는 한 번도 본 적이 없는, 매우 낯설고 의미도 불분명한 이야기를 몇 편 발견했고, 이로 인해 익히 알려져 있는 이솝 우화들조차 어쩐지 낯설게 느껴지기 시작했다. 이솝 우화가 명백한 교훈을 전하기만 하는 것이 아니라 수수께끼처럼 자신의 의미를 베일 속에 가리고 있는 텍스트라는 생각, 우리가 그렇게 듣고 또 들어온 이야기들이지만 아직도 여전히 해석되어야 할 무언가가 남아서 우리의 손길을 기다리고 있는지도 모른다는 생각이 마음을 강하게 자극했다. 이제 이솝 우화를 다시 한 편 한 편 자세히 읽어보고 거기서 숨어 있는 뜻밖의 의미들을 길어올리고 싶었다. 그렇게 해서 쓰기 시작한 글들이 '역설의 서사학'이라는 이름으로 문학과지성사 홈페이지에 약 1년 동안 연재되었다. 그것은 한편으로 오래전에 중단했던 '이야기 담론'의 속개였지만, 그것과는 구별되는 새로운 시작이기도 했다. '이야기 담론'이 특정한 이야기를 사례로 하여 서사학적 범주를 구체적으로 설명하려는 데 초점이 맞추어져 있었다면, '역설의 서사학'의 목표는 하나하나의 텍스트를 최대한 세밀하게 해석하는 데 있었기 때문이다.

'역설의 서사학'에 연재했던 글 30편 외에 연재 종료 이후 쓴 몇 편의 새로운 글을 추가하고, '이야기 담론'의 원고 가운데 이솝 우화를 다룬 글 몇 편을 이 책의 맥락에 적합하게 수정하여 덧붙임으로써 총 40편의 짧은 글로 이루어진 '우화의 서사학'이 만들어졌다. 이제 오랫동안 방치되어 있던 원고도 새로운 책의 구상 속에서 부분적으로나마 쓰임을 찾을 수 있게 된 셈이다. 또한 '이야기 담론'을 쓰면서 발전시켰던 많은 생각이 '역설의 서사학' 연재 속에 흘러들어 왔으므로, 이 책은 결국 2000년에 시작한 '이야기 담론' 프로젝트의 뒤늦은 결실이라고 보아도 무방할 것이다. 물론 책의 기원을 정확히 따지자면 거기서 더 멀리, 우화 속의 여우를 도스토옙스키의 지하생활자와 연결시켰던 그 시점으로 돌아가야 할 것이다. 이때 이미 나는 이솝 우화에 대한 깊이 읽기의 가능성을 생각하기 시작한 셈이니까 말이다. 독자가 이 책을 읽으면서 간단하고 뻔한 의미를 지닌 우화가 터무니없을 만큼 진지하고 복잡하게 다루어지고 있다고 느낀다면, 그러한 인상은 가장 원형적인 이야기들 속에 가장 심오한 진리가 숨어 있을 거라는 나의 편견과도 어느 정도 관련이 있을 것이다.

오랜 시간과 우여곡절 끝에 이 책이 만들어져 세상의 빛을 보게 되었다. 겨우 이 작은 책을 내기까지 그렇게 오랜 시간이 걸렸다는 게 자랑스러운 일일 수는 없다. 그래도 여기 모인 글들은 꼭 써야만 할 분명한 이유나 명분이 있거나 누가 써달라고 요청해서가 아니라, 오직 써보고 싶은 욕구를 따라 공연히 쓴 것이라는 점에서 오히려 각별하게 여겨진다. 모든 것이 빠르게 스쳐 지나가는 이 시대에, 몇 줄에 지나지 않는 고대의 우화 한 편 한 편마다 그 열 배, 스무 배 분량의 해석을 붙여놓은 시대착오적이고 한가한 책, 누구의 요청도 받지 않은 이 불청객 같은 책을 집필할 수 있게 해주고 기꺼이 출간까지 맡아준 문학과지성사에 깊은 감사의 말씀을 전하고 싶다.